O —

editora Urutau

rua do cajú, 478,
jardim das cerejeiras
06724-015
cotia-sp (brasil)

avenida peirao besada, 6 – 2D
36163 poio-pontevedra
(espanha)

[+351] 928053619 [portugal]
[+55] 11 95608 8983 [brasil]

www.editoraurutau.com.br
contato@editoraurutau.com.br

[EDITORES]
tiago fabris rendelli & wladimir vaz
[COORDENAÇÃO DE REVISÃO]
debora ribeiro rendelli
[REVISÃO]
juliana palermo
[DIAGRAMAÇÃO]
victor h. azevedo
[CAPA]
victor h. azevedo, sobre fotografia de mihaly koles

dados internacionais de catalogação na publicação (CIP) de acordo com ISBD

	Proença, Giovana
P964t	Os tempos da fuga / Giovana Proença. - Cotia : Urutau, 2023. 156 p. ; 13cm x 19cm.
	ISBN: 978-65-5900-573-4
	1. Literatura brasileira. 2. Prosa. I. Título.

2023-2684 CDD 869.985
CDU 869.0(81)

Elaborado por Odilio Hilario Moreira Junior - CRB-8/9949

OS TEMPOS DA FUGA

GIOVANA PROENÇA

[primeira edição]
URUTAU
dezembro de 2023

sumário

[prefácio]
JAMAIS SEREMOS JOVENS DE NOVO

As mãos de uma mulher precisam ser rápidas. Para bater uma lauda, passar um bilhete, fumar um cigarro, discar antes de a ligação cair. Os fios telefônicos são cortados. A música, pausa. As luzes da cidade chamuscam. Os jovens rasgam as ruas à noite, ofegantes. A madrugada, sempre ela, com suas delícias embriagadas. De repente, um estampido. Vozes e sirenes, tropas a cavalgar pelas ruas em meados dos anos 1970. Lígia, a protagonista, segue seu caminho pelas sombras.

A garota lê as letras miúdas do epitáfio. Passaram anos. Lígia frente à lápide sente as cordas do tempo. Dentro do invólucro de pedra, uma vida concreta repousa. Uma voz sussurra ao longe. Um abraço é partido. Nas mãos de Lígia passam as linhas da vida, grossas e seminuas. Ela se lembra dos detalhes de uma noite veloz, destemida. Tudo está em sua memória. Tudo é Saudade, todas as estradas acabam nesse vilarejo, onde mora uma família italiana, um dos cenários de *Os tempos da fuga*.

É preciso discrição e agilidade para certos trabalhos. Uma mulher atravessa o terreno minado da Ditadura com uma carta em mãos. Um desejo e uma promessa ali repousam. Seu destino está selado junto ao destino de um grupo de personagens contestadoras, ciosas, cuja ligação com a própria terra é amor, resistência, vida e sustento.

O vento forte do interior recebe Virgínia. As palavras ferem nos Anos de Chumbo. Todo cuidado é pouco para preservar uma vida já devastada. É o que nos mostra a crítica literária Giovana Proença em seu romance de estreia. Ao construir um passado com tintas históricas, ela flerta com a dramaturgia em uma narrativa sonora e pintada de vermelho. Giovana molda uma protagonista errante que sabe o perigo de olhar para trás. Como no longa *Retrato de uma jovem em chamas,* de Céline Sciamma, cabe à Lígia decidir se vale a pena a visão ou a memória. Coisas bonitas acontecem entre tragédias. Anos mais tarde, lá está ela em frente à sepultura. Recolhe-se em pensamentos.

"O passado, tão próximo no alcance de um dia, está perdido no tempo. A ponte está despedaçada. Os olhos se fecham, bater suave dos cílios, asas de pássaro noturno", escreve a autora, sobre essa mirada involuntária da memória. No meio do caminho, vários pedregulhos, mas "Baby", de Gal, Virgínia Woolf, e Vita. Dois corações revolucionários e muitos corpos sangram. Quantas vidas um jovem pode ter antes da velhice? Nossa protagonista responde, calma, introspectiva. Ela mantém a fleuma. Sabe que o fogo está chegando. O mesmo combustível que abastece as placas de neon atiça a fogueira, engata o gatilho, é também o fogo que transforma, purifica e abre caminho.

Agora uma lembrança. Certa vez, caminhando pela parte mais antiga de uma cidadezinha, a autora deste livro para, olha ao redor, é quase véspera de Natal, e há poucos pássaros na rua. De repente, surgem o Aero Willys, as placas de neon, a saga das meninas. É o começo de um livro, que vai ganhar forma depois de uma viagem ao sudoeste paulista, quando Giovana espia as ruínas de uma vila operária.

Porque o tempo tem artimanhas para confundir quando se fala de passado. Ao buscar refúgio na história, nasce um romance. Uma fuga que se desdobra por cidades e um país. Em sua estreia no objeto livro, Giovana mostra como o silêncio guarda frases fortes, enredos cinematográficos e personagens difíceis, amargas. O amargor do café com whisky, o tabaco, o trago. Dentro de um envelope, um destino. Nossa protagonista precisa correr contra o tempo.

O caminho de Giovana Proença já está trilhado. Como se os deuses pagãos e da escrita abrissem fogo amigo no perímetro do primeiro livro porque "A vegetação que ladeia a via. O ronco do motor vibra o assento, ecoando som de batidas do teclar da máquina de escrever, ainda vívido no passar das estações". As mãos ágeis de uma mulher que tem a pressa de se transportar ao passado, a uma pequena cidade, a uma sessão de datilografia. Giovana se entende bem com a máquina, as palavras e a sonoridade de um romance. Sua narrativa volta a uma vida tão íntima, em voga outrora, mas hoje silente. Na memória, em uma fotografia. Ela captura os fragmentos, sabe que jamais seremos jovens de novo.

Matheus Lopes Quirino

Jornalista e escritor, escreve sobre literatura e artes visuais.
Editou o Aliás, suplemento de livros do jornal

O Estado de S. Paulo.

Vivo no quase, no nunca e no sempre. Quase, quase — e por um triz escapo.

CLARICE LISPECTOR

Lá está você, sentada, com as bombas caindo ao seu redor. O que se pode dizer, exceto que eu te amo e que eu tenho que viver durante esta noite calma e estranha pensando em você sentada ali sozinha. Querida, deixe-me ter só mais uma linha... Você me deu tanta felicidade!

Trecho de carta de VIRGINIA WOOLF para VITA SACKVILLE-WEST

NOTAS PRELIMINARES

Alguns sobrenomes e nomes de cidades foram ocultados.

Todos os nomes deste livro podem ser falsos.

Fossem outros os tempos, quem sabe?

I. RETORNO

I.

... Grito sufocado na garganta.

Mãos trêmulas viajam até o pescoço. Fuga arredia. É inútil segurar o ar. O cobertor xadrez cobre o corpo ensopado. Agarro o lençol, mar dos perigos, redemoinhos do sono. Armadilha. Há tempos que não era presa. Escorreram páginas e páginas no calendário desde o último tão vívido. Risca o rosto a poeira dos pedregulhos, *o trote dos cavalos*

* * *

treme o pedregulho. O timbre anunciado de tambor se mistura aos gritos esparsos dos passantes que tomam a rua. Não se salvam todos, uns correm, outros sucumbem em resvalo ao chão. O som de ossos partidos alcança os ouvidos. [Ensurdecida]. *A carta, a carta*. Me agarro a ela, para protegê-la com o próprio corpo. Necessidade súbita invade os músculos pulsantes. Passadas vorazes cruzam a rua. Nada importa mais do que despachar a carta, conteúdo que conheço a ponto de recitá-la por completo. A ternura que escorre pelas páginas escritas é o que me mantém em movimento em meio à rua, apesar dos rastros de sangue rubro viscoso no chão. [...] Não posso parar. Um puxar brusco me faz cair, face ao pedregulho. Um passo em falso, afoito, foi o suficiente para a queda. Clamo por uma mão, apenas uma mão estendida em apoio. De baixo, o olhar oferece visão limpa da rua. Posso levantar. Em um piscar mal projetado, o plano desaba como castelo de cartas.

A ferradura na linha dos meus olhos. O cavalo levanta o tronco, as dianteiras suspensas. O rosto do dominador oculto pelo capacete. A adrenalina se apodera das veias, livrando-me dos sapatos, me coloco em propulsão o mais longe que posso, aquela não seria minha última visão. Frente ao perigo, penso no pai. E sempre, ela: *a carta, a carta, a carta, a carta, a carta, a carta, a carta, a carta, a carta, a carta, a carta, a carta, a carta, a carta, a carta, a carta, a carta, a carta, a carta, a carta.* Luto contra as rajadas de vento, veículo de folhas e terras que golpeiam os olhos. Levo as mãos ao rosto, embebido de suor, sangue e poeira, irreconhecível do pedregulho. Arrasto as digitais das bochechas até a linha do maxilar. O som foi o tempo de um suspiro. Livro as pálpebras e sou surpreendida pelo espetáculo. A arma — como nunca antes — apontada diretamente para a linha que separa meus olhos, únicos tradutores do horror.

* * *

Levanto, negando-me a permanecer no leito de recordação da cama. A última noite: um campo de guerra. É um pensamento sentimental, com todas as pílulas homeopáticas da botica e trocas de colchão, nunca tive um sono pleno nessa cama. Pairava no limiar entre os dias concretos e zonas lacunares de memórias famintas.

Piso brusco até a janela, me livrando do amortecimento. Desse ângulo, tenho vista oblíqua do quarto. Todos os toques pessoais se foram. O armário restava aberto, revelando todas as camadas do vazio onde costumava dispor as roupas. A xícara amarela que usava para tomar doses de chá de ervas, aromas mentolados que preenchiam o ambiente. As folhas creme que mantinha, para a necessidade de escrever cartas, nunca usadas. Eram poucos os traços que definiam o quarto como meu.

Abro as janelas emperradas, a mesma melodia enferrujada, todas as manhãs, durante anos. A cidade acordou cinza. Passo tempos, contados por um piar ou outro ocasional dos pardais, a contemplar o bairro. Casas coloridas se sucedem em coreografia, tomadas pela vivacidade dos tons. Chovia quando cheguei à cidade. Tigre, nos arredores de Buenos Aires, era conhecida por suas águas. Turistas vinham da capital para os famosos passeios de barco. Nos primeiros tempos, costumava passar horas assistindo ao balançar dos barquinhos ao longe. Sentava em algum canto que conferisse a privacidade que buscava, lágrimas nos olhos enquanto os barcos dançavam no rio. Isso antes de começar a trabalhar com Seu Jorge. Meu olhar vaga na direção da via que leva para a ruela da floricultura. Lembro da barba do señor na lateral do meu rosto, ao me abraçar e desejar "um buen retorno, hija". Ontem, e a memória parecia uma vida de distância. Anos corridos a maior parte de meus dias entre as plantas, vivendo entre mudas e sementes, vez ou outra interrompida por fregueses da livraria ao lado, que pediam os mesmos nomes — Borges, Cortázar, Bioy Casares, Neruda, García Márquez.

Experimentei doses de ternura por meus rostos conhecidos na cidade, em renovação de algo que acreditara ter se esgotado em meu peito ainda no Brasil. Todos se despediram com pesar da boa Virgínia — a pronúncia Vírrinia —, a chica brasileña que viera anos antes para os Aires.

Cerro os olhos, em tentativa de ouvir o rio no horizonte. Apenas o fluxo surdo do silêncio cortante, densidade do mar que eu própria despejara.

A lágrima resvala imperceptível no vazio da janela. Abandono a vista, o embate das casas coloridas com o céu cinza. Fecho a gaiola das meditações adormecidas e espero que o Sol me aguarde do outro lado do mar.

* * *

Cheguei aqui sozinha, também devo partir sozinha. Resignei-me a dizer quando Dona Augustina se ofereceu para me levar ao aeroporto em Aires. Saio da edícula, duas malas de couro nas mãos, e penso em quando primeiro coloquei meus pés nos degraus que levavam aos dois cômodos que passei a chamar de casa. Segui o endereço que Padre Cícero escreveu no pedaço de papel, entregue pelo condutor quando me deixou no ponto de ônibus, em Buenos Aires. Sucumbida pelo cansaço da jornada, me atirei na calçada em aguardo do autobus que levaria à cidade apontada. Puxo a lembrança como quem inspira ar rarefeito. Quarenta minutos com o olhar fixo no cenário que se estendia pelo visor, um panorama turvo pelas lágrimas teimosas que ardiam o olho esquerdo. Quando por fim me encontrei em frente ao endereço de Dona Augustina, ostentava o semblante da queda.

Não sinalizei ao portão. Apenas fiquei parada pelo que pareceu várias viradas da ampulheta na frente da casa amarela. Por intuição, a senhora de vestido florido abriu a janela de madeira, encontrando minha figura de derrota como vista. "La chica de Padre Cícero! Entre, entre." O tom acolhedor do convite foi o estopim para algo que implodiu em meu peito. As emoções reprimidas na viagem explodiram em algum lugar inacessível. O choro não parou quando Dona Augustina me ofereceu um almoço tardio e uma xícara amarela com chá de ervas. Não cessou quando me arrastei para o chuveiro, a água fria esvaindo outros líquidos, suor e lágrimas para o abismo do ralo. As lágrimas só secaram quando um dia, diante da imensidão do rio, os barcos flutuando, elas se acovardaram.

Após minha chegada, os ventos frios trouxeram o anúncio da morte do vínculo com o Brasil. Chorei a perda do elo, sofrendo o despedaçar de minha pátria. Viúva desde meados da década de cinquenta, Dona Augustina tomou-me amiga, e por que não dizer, como filha. Tempos que eu já estava estabelecida, arrumou-me um emprego com Seu Jorge na floricultura "Una chica joven e inteligente, necesita um trabajo decente para distraer los demonios de las ideas". Quantas vezes estive perto de confessar meu infortúnio [...].

Algo sempre me deteve, sabia reconhecer os limites. No espelho, a verdade: um fantasma com rosto.

* * *

Construí uma vida, e hoje a destruía, com as próprias mãos e a pronúncia de um nome brasileiro. Um mês, e os planos foram arquitetados. Aquele dia, voltei da floricultura, passos calmos pelas calçadas desniveladas, para encontrar Dona Augustina de ouvidos no rádio, mãos segurando as antenas para estabilizar a transmissão. Fez sinal de silêncio e pediu que me aproximasse. Juntas, ouvimos o timbre do radialista anunciar a Anistia. Uma voz sem rosto por ondas invisíveis selou meu destino: havia de regressar. Segui a obstinação resignada como se não houvesse outra alternativa. Não havia, uma vez que podia voltar, permanecer era impossível. Estava aberta a caixa das inquietações incandescentes. Palavras de cartas nunca escritas que tiravam o sono.

Dona Augustina compreende a sina. Começamos os preparativos de minha volta sem discutir o assunto. Nossas despedidas silenciosas se prolongaram por todo o mês, empanadas de domingo, chás de menta, andares pelas ruas íngremes. Virgínia se apagava dos registros, nome perdido entre as páginas, para dar lugar à incandescente tinta que assinava as cinco letras insígnias de minha anistia. Lígia. Dona Augustina entenderia a falta lágrimas no último abraço, sabia que meus olhos eram terra árida, assistira como testemunha ao esgotamento. Tomei as malas, uma em cada mão, e entrei no táxi. Não deixava estandartes da ausência, substituí os acenos por imaginação. Pelo retrovisor, pensei assistir a Dona Augustina abrir o armário à procura do chá, o espanto ao encontrar o rastro de presença em porcelana. A xícara amarela.

II.

O avião alça voo, e as memórias aterrissam. O remédio arranha a garganta. Lapsos de diferentes cômodos do passado se encontram no mesmo salão de reminiscências para a valsa. O espelho estilhaçado, fragmentos do longínquo e do recente refletem enquanto repouso a cabeça no assento. Imagino Dona Augustina na rotina calada, afazeres domésticos agora tomados pela solidão da casa vazia. Nas quase três décadas de viuvez, fui a única pessoa que colocou os pés na casa, paredes que exalam uma vida regida pelo silêncio. Fernando, se chamava o marido. O retrato do casamento, lembrança ostentada na estante da sala, revelava um sujeito moreno, olhos de tons tristes no preto e branco da fotografia e semblante de silêncio. Amava-o? Perguntei um dia enquanto tomávamos chá, eu no sofá, e ela na cadeira de bambu verde. "No início, muito", resignou-se a responder e levantar os olhos, interrompendo o trabalho de tricô, distração e projeto pessoal, que distribuía para as numerosas famílias que se abrigavam próximo ao rio. "Entonces los años escorrem e se trabaja mucho", prosseguiu, misturando nossos idiomas. "Los anõs escorrem e los filos, filos, hijos?" "Filhos." "Filios! Los años escorrem e los filios no vêm. Los años escorrem e los filios no nascem." Contara muitas vezes, de voz baixa, como se temesse que o eco repetisse a história dos quatro abortos espontâneos que sofrera, o horror que tinha de sangue, fruto da lembrança dos filetes rubros que escorriam pela perna como prenúncio da morte de quem não teve tempo de nascer. "Y com los anõs escorridos, olvidamos que amamos mucho. Um dia miramos el caxão, el hombre y recordamos que amamos mucho."

Os anos escorridos. Pelo limiar, pode ver os contornos dos fatos sem a distração das emoções em pleno efervescer. O retrato vazio, a estante não comprada, a casa que nunca saiu da planta. A silhueta na fotografia sem delinear. O anel de noivado atirado entre cafezais de um terreno fértil. Carlos. Chegou primeiro pelos ouvidos. A voz bem pronunciada do pai "O futuro de nosso movimento". O primeiro quadro.

* * *

No dia da pequena reviravolta, vista em vislumbre pelo retrovisor do tempo, saíram cedo da cidade, o pai, ela e César, o irmão mais velho. Pouco mais de uma hora no Aero Willys bordô — orgulho e alegria do Professor Antônio, como era conhecido o pai em seu círculo de amigos — separava a cidade de São Paulo, onde ela passava grande parte do tempo, arquiteta de planos para um futuro, que pensava pairar nas pontas dos dedos. Faria valer as horas entediantes que se arrastavam entre recitação de hinos, decorar declinações do latim clássico e conjugações de verbos franceses. O pai falava com empolgação das companheiras, as damas de fibra, como acentuava na voz grave. Clamores de liberdade e avanço ecoavam entre as moças da ponta avançada do país e a alcançavam em excitação crescente por um destino luminoso, na esteira daquele traçado pelas que vieram antes. Um cotidiano que se estendia para além da casa. Projetos que plantava ao sentir os ares esfumaçados de eletricidade nas festas em que dançava aos novos ritmos, misturas de sons que embalavam o movimento dos quadris e braços, porões que abrigavam as noites jovens no centro de São Paulo. *Tropicália*, dizia o disco que comprou, em tentativa de resgatar o sentimento enérgico que era avassalador. Colocava-o na vitrola e fechava os olhos, as batidas correndo nas veias, o coração acelerado.

* * *

Um segundo plano se lapidou quando desceu do carro. Cerrou os olhos para contemplar a chácara no Alto de Pinheiros, seus ares de monastério, arcos arredondados da arquitetura do século XIX e pesadas janelas de madeira em tons opacos. Paredes cobertas por quadros, mesas repletas de cinzeiros e bibelôs, a imponente estante, preenchida por coleções de enciclopédias. O Casarão abrigava a sede oculta do grupo do pai. Ele leva sempre um livro em mãos, normalmente filosofia, enquanto se serve do whisky, nunca um copo completo. Vez ou outra, aprecia um charuto na varanda, a mulher na cadeira ao lado. O pai e a mãe, duas figuras lado a lado nas cadeiras que ladeavam a mesa de vidro fumê, a imagem é enquadrada. Conviviam em uma felicidade serena, ele em seu ardor revolucionário, a mãe em sua amenidade, no companheirismo das horas de entusiasmo. Esconde, em sua intuição, um temor íntimo e secreto quanto à movimentação de dentro do grupo. No âmago, pouco caros à mãe eram os rumos políticos do país, alterados pelos acontecimentos de meados dos anos sessenta. Sua prioridade era a ternura do convívio em família, uma existência simples e sem emoções, única ambição. Os lamentos de angústia que vinham da porta cerrada do quarto, na época em que o pai foi levado pela primeira vez, a arrepiam em martírio.

O peso das pálpebras. No avião, o remédio demora a fazer efeito. Estou presa na armadilha.

O pai a convida para sentar ao seu lado. A primeira vez que foi chamada à mesa, antes se resignava a passar o tempo das reuniões entre as camélias do largo jardim, explosão botânica nos fundos da casa, longe dos clamores, risos e choros do salão, restando a imaginar o que se passava. Uma moça, cabelo chanel e sobrancelhas bem preenchidas e tracejadas, terminava o whisky. Deixou o copo cristalino com vestígios do líquido e sorriu com os olhos, deixando o recinto. Antes de sair, deu dois tapinhas nas costas do rapaz que adentrava a porta. Mais homem do que rapaz, masculinidade acentuada pelo maxilar. Os cabelos caíam pelos ombros, ondas que revelavam ângulos que eram até então desconhecidos. Quanto aos olhos, escorriam entre o verde e o que pertencia às bordoadas de um azul profundo. Encarou-a com seriedade, o semblante superior. Carlos, que o pai citava com tanto orgulho.

O pai tomou a palavra. Articula sobre a cidade. O município pacato, de porte médio, escondia um interesse sólido: era a base do exército. Repressão. Armas. Ruas tomadas. Protestos. Desaparecimentos. O quadro se distanciava em sua mente, termos esparsos que se desprendiam de sentido. Carlos afagava a barba irregular, absorto no discurso do pai. Ela se serve de um pouco de café, duas colheres de açúcar, e mexe duas voltas. Dá um gole tímido, torcendo o nariz. Um pequeno revirar de desgosto.

Cavalos. Armas. Rebelião. Quartel. O pai cessa o manifesto com o tom final de segurança. Foi para o fundo da sala com outros homens, professores universitários, advogados, jornalistas. Carlos também deixa o seu lugar. Ela tenta compreender o que ouviu. Apenas fragmentos obscuros. Desesperança. Um sopro de silêncio, o rastro negro no fundo da xícara.

Um arrepio súbito corre a espinha, rio de gelo nas veias. A sensação desemboca no estômago, um frio que corta as entranhas.

— São mesmo coisas de dar medo — Carlos se coloca ao lado, camisa creme de algodão, as mangas dobradas no punho. Solta o comentário com o olhar nas mãos trêmulas, que ela não consegue controlar.

— O quê? — se esforça para perguntar, a voz fraca pela respiração que teima em descompassar.

— Tudo o que está acontecendo. São tempos de dar medo.

— Não estou com medo — ele percebeu as reações do seu corpo. Um observador. Precisava ter cuidado.

— Então não entende nada do que está acontecendo — viu, no fundo dos seus olhos e no sorriso travesso, o triunfo de tê-la lido.

— Não é medo. É um pressentimento.

— Agora, do jeito que as coisas são, todos os pressentimentos só podem ser de medo.

— Do jeito que as coisas estão.

— Não acredito que isso vai embora tão cedo — ela se surpreende com o pessimismo.

— Dirige, Carlos? — o pai se coloca entre eles. Encara o rapaz como um mestre olha seu pupilo. Ela se sobressalta, como se previsse os planos do pai para manter aquele homem mais perto. Estava presa nessa teia. — Leve minha filha para um passeio, ela precisa tomar um ar. Essa vida... não é para todo mundo — o discurso se prolongou pelo inventário dos termos conhecidos do pai, menções à filosofia fugiam ao conhecimento. Quando finalmente cessou, entregou a chave do Aero Willys a Carlos. Ela resta incrédula por tanta intimidade, ainda sentindo o desgosto do pressentimento. Uma nova ferida, aberta pelo pouco crédito que o pai conferia a ela. Era trapezista empurrada, não para a queda, mas para o destino, roubada do desequilíbrio de um porvir. Com ansiedade crescente, pressentia que o pai via em Carlos um genro, um sujeito de confiança para papear suas ideias à mesa. A ideia a asfixia.

Ainda assim, caminhou sem pressa para o carro, enquanto contava os tacos do chão de madeira do Casarão. Uma corrente transpassava os corpos dos dois, lado a lado. O toque inocente de seu braço no braço dele, um contato que em nada tem relação com o desejo. À soleira, encontram a moça dos olhos enigmáticos. Sorriu outra vez com a mesma malícia e soltou uma piscada arredia. Para ela ou para ele.

A temperatura dos dias amenos. Palavras empoladas escorreram pelas largas ruas de Pinheiros. Um jogo de trapezistas, buscavam se impressionar sem saber o porquê. O itinerário foram os lábios. Ele a beijou sem ardor, com a amenidade de quem beija a companheira de anos no café diário. Um beijo brando, talvez pressentido desde a primeira vez em que o nome Carlos chegou aos ouvidos. Elo prometido. Nascido, contudo, naquele trajeto.

Tempos corridos. Vinhos roubados da adega do pai. Dividiam a taça, entre goles calmos. Recitais a favor da paz que aplaudiam, manifestos contra a Guerra do Vietnã, encontros no Largo São Francisco e na Rua Maria Antônia. Festas em porões na República, letras americanas na voz de John Lennon, melodias de guitarra que dançavam nos braços um do outro, compasso em que cada um estava absorto no próprio mundo.

* * *

O suspiro é o som do sono. Planos de um futuro que nunca chegou. Política e outros sorrisos que escreveram a sentença de morte do que poderia ter sido uma união feliz. Uma felicidade estável, sem momentos de êxtase. Ideais comuns que valorizavam. Ele não se contentaria com uma mulher que não fosse uma legítima companheira, com entendimento de todo o universo que foge às paredes do lar. Sua excitação era pela filha do pai, objeto de sua adoração. Carlos. Camisas dobradas na altura do punho, óculos redondos de grau em repouso nos cabelos compridos. "Vamos jantar, cansei-me disso. Na cama, lá a gente se entende melhor." A silhueta no retrato. Carlos, podia ter sido ele. Amava-o? Os anos escorrem. *Carlos e ela no Carnaval. Ângela, a piscada na porta, olhos verdes, Ângela. Sorriso, piscada, Ângela. Carlos e Ângela, um de cada lado no Carnaval. O lança-perfume. Risos. O som de um riso me parece perdido no abismo dos anos. Carlos, ela e Ângela no banco de trás do carro, os três abraçados. Mais risos. Carlos no retrato, a foto de Ângela em chamas no meio da plantação.*

III.

Som de disparo. Ruído ensurdecedor. Estalo. Mão repousa no gatilho.
Mão brinca no gatilho.

Som de disparo.

* * *

A respiração ofegante sufoca o grito na ponta da língua. A comissária me encara com curiosidade, aceno em entendimento, quero dizer que estou bem. Espreguiço, arriscando olhar para os lados. Encontro apenas passageiros centrados no próprio trajeto. A ânsia do reencontro na bagagem de mãos. Todo encontro é marcado, nem sempre percebemos. Conheci Carlos pela trama de papai, Ângela veio pelo bater de asas do acaso.

Repórteres continuavam amontoados no aeroporto, ávidos por uma palavra dos exilados que retornavam ao país de origem. Via que acreditávamos ser de mão única ao deixar o Brasil, fuga sem volta. Golpe da gangorra, movido por mãos políticas e outros golpes, e, de súbito, cá estávamos, em regresso. Quantos morreram em outros solos, vida nas periferias de Paris ou em recantos da América Latina, longe do verde e amarelo. Fuga é armadilha estrangeira, perigo da viagem. Sem volta, passagem única. Atravesso o saguão sem ser notada por jornalistas. Não sou rosto notório, entre tantos que se esconderam por voltas do tempo atrás de outros nomes. Na bagagem, a falta de reencontros. Esgotei meus encontros marcados, ainda que não pudesse saber que assim eram: cada vez mais, finitos. Memória é como aeroporto, sempre voo a decolar e voo a aterrissar. Abraços apertados, passos arredios, vozes que se misturam, risos em movimento, despedidas e cumprimentos, formalidades e afetos. Lembranças batem asas na bagagem de mão.

* * *

Ao aceno tímido, o motorista se precipita em instalar as malas na traseira do carro. Acomodei-me no Corcel branco. Decerto, o homem tinha fixação pela cor, denunciava o tom do carro, da camisa, e das luvas. Taciturno, ou talvez percebera minha indisposição para diálogo. Saímos do aeroporto, deixando para trás os aviões que pairavam como se de papel.

—Voltando de viagem? — remexeu o bigode, espesso e quebrado por fios brancos que se sobressaíam, enquanto contorcia o volante.

Demorei a responder, entretida pelas sinalizações. BR 116 — BR, Brasil. As rodas do pneu deslizam por solo brasileiro. Sim, sim, voltava de viagem.

— Longa? — pela forma tensa de segurar o volante, soube que era aflito. Repetia para todos os passageiros o que se via obrigado a perguntar, por gentileza. Para mim, soltava poucas palavras. Eu me denunciava pela mudez.

— Longa como uma fuga — forço um sorriso torto para a resposta que não pretendia ser direta. Deixei a frase soprar como confidência, mais para mim. — Mas fuga é assim, só vale sem retorno — o motorista ergue os olhos pelo retrovisor, por trás de um chaveiro branco que balança. Parece entender. Voltar da fuga é violar segredo.

* * *

Como espectadora, percorro as ruas paulistanas.

* * *

Estranhamento distanciado de ruas que já chamou de suas, proclamando as lembranças. Cada esquina era um retrato antigo, imóvel no tempo e perdido na gaveta. Calçadas de caminhos saudosos que levavam aos rostos que ficaram para trás e cujos destinos as artimanhas da separação fizeram desconhecidos. Um dia, segurou mãos que lhes seriam arrancadas. Bilhetes de passagem nos bolsos de jeans pantalonas, seguindo percursos que outras mãos desenhavam. Como seguia com gosto. Seria suficiente, lembranças doces de gravar os nomes das cidades que atravessava, final da rota que levaria ao...

Lugares impregnados pelo que foram, pelo que poderiam ter sido. Nunca pelo que são ou ainda podem ser. Bares que cruzam a Paulista, nos quais embriagou a juventude, festas em porões na República onde cantava um mundo que via nos sonhos compartilhados. Consolação por onde correu tardes chuvosas de março. Rua Maria Antônia, o prédio da universidade, o Casarão de Pinheiros — oculto pelas cercas vivas da chácara. Cheiro de cafés que competiam nas ruas pelos transeuntes, sedentos por uma hora de descanso. Centro de São Paulo, vagaram horas, Carlos de um lado, Ângela de outro; êxtase carnavalesco, toadas da marchinha que chegavam de longe. Lança-perfume exalando, e o coração pulsante. Não voltaram para casa, se aconchegaram no carro de Carlos, estacionado a duas quadras da chácara. Nos braços dele, nos braços dela. Naquele dia, desistiu de nomear o sentimento que invadia sem pedir licenças.

Desce do táxi e se despede do motorista. Pensa que desencontros também podem ser marcados. O difícil é seguir os rastros dos perdidos. No fim, não precisa ser grande para destruir.

Me surpreendo com a rodoviária, passantes sempre prontos para nova rota, com novo destino. Todos parecem prestes a partir, ou chegar. Toda chegada também é anúncio de partida.

* * *

— Te sinto trem prestes a partir — Carlos sempre precisava de explicações. Praça Buenos Aires, um dia especialmente nebuloso de abril. As nuvens lembram o olhar que ele lhe devolveu quando perguntou do que falava. Andaram pela Maria Antônia em silêncio, após ele deixar notícias para um jornal clandestino com um dos líderes do estudantil. Sentaram na praça, ombro a ombro, cada um respirando a própria distância. Ele esperava uma resposta, e ela se traduzia pelo silêncio.

O ar de encanto do primeiro passeio de carro estava dissolvido. Quando sustentou o olhar e perguntou se a veria novamente, ela confirmou. Quis saber se ela se entendia o que ele disse. Confirmou outra vez, Carlos sempre precisava de explicações. Riu, e a chamou para tomar um vinho. Um afastamento calculado, a frase proferida arrastada. Sem resposta e imóvel, a indiferença oculta era clandestina.

* * *

Acreditava que eram dias felizes. Únicas jangadas em meio ao obscuro. Mas as cores eram delatoras. Primeiro o céu que seguiu nublado por meses. Depois as ruas infiltradas, sumiços e agressões. O medo crescente que chegava em nuances de chumbo. As roupas, mesmas tonalidades opacas, palidez da pele. Dúvida inconstante: quando acabariam os motivos para estar aqui?

O engano a impedia de ver.

Ele era trem prestes a partir. Ela correria pelos trilhos vazios?

Ela correria como quem alcança o vazio nos trilhos?

* * *

Lígia. Às vezes repetia o nome em sussurro, deitada na cama de Tigre. Cantava-o como toadas de canção, forma de resgatá-lo das correntezas do esquecimento.

Virgínia. Parecia esperar que alguém — indefinido, visto que alguéns estavam em falta — me chamasse pelo nome. Exílio, parte revelada do segredo. A diferença entre rodoviária e aeroporto é que as distâncias aqui não alcançam voo. Passos apressados de viajantes, sempre no compasso atrasado. Hora errada, lugar errado. Até o encontro.

Do parapeito da rampa, vejo um café. Passageiros famintos, mergulhados no olhar de solidão, iam e vinham pela porta, atraídos por um lugar barato para aplacar a fome. Sinto a tontura súbita do estômago vazio.

Com o café em mãos, me dirijo a uma mesa nos fundos, recém-desocupada por um casal hippie. As roupas da garota, calças boca de sino e uma bata cáqui, teriam agradado minha versão mais nova?

O movimento de sucos de laranja e coxinhas, campeões de venda, distrai minhas atenções ao balcão. Os mesmos tipos — colegiais apressados, uniformizados de empresa, senhoras à beira de ganhar o título de idosas, moços solitários e moças igualmente sozinhas, mas que não arriscam um olhar. A família mantém a aura radiante — talvez de recomeço? A sensação me foi familiar um dia. Antes de ser cemitério de rostos, São Paulo já foi incubadora de minhas esperanças miúdas.

Duas moças na diagonal gesticulam alegremente. Entre goles de cafés gelados de tons escuros, alternam palavras. Decerto boas amigas, não do tipo que mexem o café uma da outra. Três voltas de minha própria colher, dois redemoinhos e última cascata marrom.

* * *

Não sabe se despedir como não soube cumprimentar. Qual a distância? Nenhuma parece certa, qual a distância exata entre o não quero me afastar nem me aproximar, qual o lugar existe o lugar seguro?

Ângela a fez pegar a arma.

* * *

Não sabe se despedir como não soube cumprimentar.

Se Ângela reparou na falta de jeito, nada disse. Estava sentada na sua frente. Os olhos verdes, deles vinham a inquietação, penetrantes demais, reveladores. Coisas que a fotografia não mostra. O sorriso, como se constantemente estivesse sob suspeita.

O convite a pegou de surpresa, embora, não fosse Ângela mais rápida, ela o tivesse feito de forma casual. Sucumbia ao mistério do magnetismo. Temos que conhecer algumas pessoas apenas porque parece certo.

Permitir sucumbir era via única para uma rua sem saída, ela deveria saber.

O garçom veio até a mesa redonda, vaso de flor repousado, *seriam lírios?* Combinavam com o castanho da madeira, observou. Ângela escolheu um café em Pinheiros, amplo salão. O ambiente era quente, provável resultado das doses de café fervido. O cheiro, entretanto, a deixou intrigada. As notas de café estavam em segundo plano, uma primeira flor tomava os ares, *que seria?* Pede um chocolate. Ângela ri, meio sorriso de deboche acentuado pelo batom rouge. Considerou sua escolha infantil. Muda para cappuccino. O sorriso continua lá, valsando nos lábios desenhados pela maquiagem. Irish Coffe, pediu, ousadia que surpreendeu a ela e ao garçom, que decerto já estava tonteado pela sedução subliminar de Ângela. Calor súbito, desconserto, confusão com as palavras, cuidado com os gestos, necessidade de agradar. Estuda no garçom os efeitos que aquela mulher causa nas pessoas.

O garçom se afasta, e Ângela, ainda com o sorriso de quem sabe que causou algum efeito, fala de política. A previsibilidade decepciona, mesma conversa de sempre sobre jornais estudantis. Contou que reproduz poesias em mimeógrafo. De quem?, quer saber mais por educação.

— Uns rejeitados por aí, que tiveram problemas com a censura. É cada rima! Repressão e libertação.

— Rima pobre.

— Pobre, ainda assim, rima.

— Não me parece boa combinação.

— Por isso é engraçado — o sorriso se alarga. — Teve uma disco na República esses dias, perto do Anhangabaú. Você devia ter ido com a gente, se misturar mais com a galera, agora que sai com o Carlos e tudo mais.

— Não sou muito apreciadora de disco — imita seu tom despreocupado. Ela jogou a isca: Carlos.

— É só o nome, não é esse tipo de disco. Apenas música brasileira, livre de imperialistas. Não bossa-nova também, nem tropicália. Microfone aberto, bandas de garagem e poetas de copiadora. Apareça da próxima vez.

O modo como disse apareça, não como uma ordem. Uma possibilidade: ela, Ângela, Carlos, poetas de copiadora e bandas de garagem, com seus vocalistas maquiados. Queria aparecer?

Diria que sim, desinteresse pensado, quando os pedidos chegaram. Com uma gentileza no sorriso, que ela não havia percebido, Ângela agradeceu ao garçom.

Abre um sachê de açúcar e despeja no cappuccino. Mexe duas voltas com a colher quando ela interrompe. Sem palavras, apenas toca o seu braço, sutil. Suave, recua e procura o olhar. Ainda vivia no verde quando ela interrompeu o transe.

— Não é assim que se faz uma boa mistura — copiou a sua forma de manusear a colher, as voltas como ponteiro. — Não crie redemoinhos — imergiu o talher no fundo da xícara, subindo devagar. Parecia ter se divertido com o ensinamento, que levava muito a sério. Entregou a xícara, lambendo a colher.

— Veja como fica mais doce.

— Achei que você não gostasse de café doce — aponta para o Irish.

— Mas você, com certeza, gosta muito.

— Experimente — empurrou de leve a xícara que lembrava uma taça. Não pensa em relutar, logo sente o amargo do café misturado ao amargo do whisky, estranhamente uma disposição para o doce. Ia comentar a descoberta, olhar de ânimo por surpreendê-la. Ela foi mais rápida.

— Gosto de café doce, do jeito certo. É assim que se faz uma boa mistura — encerra com a sua piscada característica.

O silêncio de compreensão pairou, confortável, se não fosse a curiosidade de falar com ela, ser constantemente pega de surpresa por suas observações e a crescente vontade de desvendar — quem era ela? Ponte entre nós e os estudantes, a copiadora do mimeógrafo e editora assistente de jornais universitários; nenhuma das definições do pai e de Carlos poderiam satisfazer o anseio.

— Como estão as coisas entre você e Carlos?

— Provável que assim como foram as coisas entre vocês — não quis mostrar arrependimento, olhou Ângela diretamente onde era verde. O olhar direto que Carlos e ela evitavam pelo medo da percepção que não causava arrepio. Ela riu. Relaxado, solto. Riso de menina nos lábios perigosos de mulher.

— Digamos que você deita num travesseiro que nunca ocupei — era suficiente? O riso ou a resposta foi.

Corou, envergonhada pelo acesso. A pergunta direta poderia tê-la ofendido, mas sabia que não.

— Mas você tem alguém? — sempre a via rodeada de gente exalando juventude. Visuais, diversão fácil e aparência de frequentadores do grand monde, tipos viajados que pareciam já ter andado por Machu Picchu e pelos boulevards parisienses. Ela fez que negativo com a cabeça, divertindo-se com a ideia. Não abandonou o sorriso em nenhum momento.

— Terreno fértil? — arrisca a metáfora. Achava que estava mentindo, parecia ideia distante alguém como ela, que exalava sedução e aura de flerte, não ter alguém.

— Nada regado.

— Retomada? — não sabia de onde vinha a insistência, mas se sente à vontade o suficiente para continuar as perguntas.

Ela se inclinou, olhar para o lustre que pendia em cima de nós antes de responder, pensativa, cabeça em repouso na mão cerrada. — Não gosto dos res, esse papo de recomeçar me parece um terror. A gente não pode só esquecer tudo e ir do começo? — questiona se Ângela dizia sobre as duas ou em geral, quando ela gesticulou. — Nada existencial, não, só incômodo com esse re no início das palavras.

Mergulham no silêncio de compreensão, entendimento surdo. Solidão tocada sem resistência.

Não soube se despedir como não soube cumprimentar.

* * *

Ângela a fez pegar a arma.

Desde o café, conviviam. A cumplicidade entendida quando se embarravam no Casarão ou nas festas que passou a frequentar, não só com Carlos, mas com todo o grupo. Colegas cujos nomes mal guardava, apenas lembrava-os por seus modos: o das camisas floridas, a moça das faixas nos cabelos, o do colar de conchas, o carioca. Catálogo dos companheiros de farras noturnas pelas ruas de São Paulo, sem nome, só rostos que vagueiam pela memória.

Às vezes acontecia de estar à mesa, concentrada em alguma leitura, e Ângela interromper para falar de algum livro. Se qualquer outra pessoa o fizesse, teria a incomodado, mas Ângela sempre tinha algo novo para dizer e sempre a surpreendia; em seu desconhecimento do mundo ou em novas formas de ver. Com mais frequência, passou a procurá-la pelos jardins ou em algum sofá para mostrar poemas que publicaria no jornal. "Esse cara é ótimo, ia até publicar livro, mas foi cortado na censura", explicava, riscando o próprio pescoço com os dedos.

Uma manhã especialmente fria, passou as primeiras horas do dia caminhando com Carlos pela Consolação. Observaram os movimentos dos carros, enquanto ela sentia a mão dele, firme na sua. Poucas coisas eram tão extraordinárias quanto uma mão firme para segurar. Faziam o seu trecho preferido da cidade, quando ele soltou em tom impenetrável:

— Talvez você devesse pensar em se mudar para São Paulo.

— Não é muito cedo para pensar em viver juntos? — provocou. No fundo a garantia de um futuro com ele a assustava. Pensava ser bom, o modo como ele não a tirava dos eixos.

— Há pensionatos para isso, aqui mesmo nos arredores — aponta a Rua da Consolação. — Quando começar a estudar, não pensou em se mudar?

— Na verdade, ainda não. A cidade fica tão perto.

— A cidade não é mais um bom lugar.

— Do que você fala?

— Toda a movimentação deles. Do exército. O comando da aviação. Você não percebe que é uma bomba-relógio?

— Não tem ninguém para armar a bomba.

— Não é bem assim que funciona. Seu pai tem falado... — ela suspira, exausta pela mania de Carlos de colocar o pai em toda conversa.

Ele a olha de soslaio e solta um suspiro. — A bomba vai explodir mais cedo do que você pensa.

Só se sente a bomba depois da explosão. Quando, dias depois, perguntou ao pai sobre o assunto, ele disse para esquecer, mas que seria bom passar uns tempos em São Paulo, longe do provincianismo da cidade. Distraída pelo estupor que crescia no peito, ela esqueceu.

Depois da pequena incursão pelo centro de São Paulo, chegam ao Casarão em meados da tarde. Estavam sem carro. Pediram um táxi, que ele fez questão de pagar, descendo a duas esquinas do destino. Ele deixou o casaco na sala e foi atrás do pai no escritório. Ela abandonou o corpo em uma cadeira estilo Luís XV, na esperança de uma tarde de descanso, longe de leituras e dos estudos. Fechou os olhos e fingiu estar em completa meditação.

— Daria tudo por um café — não se queixou da intromissão. Ângela chegou tão suave que nem percebeu. Olhou enquanto ela vestia a jaqueta de couro preto. Queria ser assim, só colocar uma jaqueta de couro, um delineado e parecer ter saído de uma revista.

— Deve ter um pouco na copa — tenta ser casual, mas sabia que Ângela a observava.

— Não, um café diferente — ela tirou a chave do Fusca do bolso da jaqueta. — E aí?

* * *

Dois Irish Coffe.

Ângela era da Pontifícia. Estudava Jornalismo. Contou da revolta, como os padres secretamente entravam no jogo dos estudantes. Relatou em segredo os eventos da semana passada, que ela conhecia apenas por cima. Ruas de Perdizes tomadas por estudantes, bombas caseiras que levantavam fumaça "de arder o olho até fundir a cabeça", Ângela fechou os olhos pela lembrança.

— Eles chegaram. Uns cinquenta cavalos, juro. Com os cavalos dá pra fazer mais estrago. Eles já têm as figuras marcadas, mas pegavam qualquer um que estivesse nas ruas. Casco dos cavalos e cassetete, era um batuque macabro. Foi aí que ouvi o tiro, deve ter sido para cima. Começou o fuzuê, a galera corria pra todo lado. Os mais preparados já estavam com bandana no rosto. Fiquei cega por um tempo, só conseguia ouvir batidas e gritos. Foi desespero, mas sabia pra onde correr. Tem uma espécie de grupo lá de Perdizes, que se encontra umas duas ruas atrás da PUC, em uma casa meio abandonada. Era pra lá que eu ia quando vi quatro cavalos. Pegaram um tipo na minha frente, bandeira vermelha amarrada nas costas. Paralisei. O milico derrubou a arma, acredita? De cima do cavalo.

O cara conseguiu pegar, mas, quando ele levantou, os outros três já miravam direto nele. Que fazer nessa situação? Bem, eu não sei o que ele fez, nessa hora estourou uma bomba. Corri, corri, corri. Tentei ir pra padaria, mas já tinham abaixado as portas. Jeito foi seguir a onda.

— O que você teria feito? Com a arma?

— Eu? Sinceridade, acho que teria atirado. Eu já estava morta, e, mesmo que não me matassem ali, a gente sabe bem que ser presa... — enfatizou o feminino. Tentava decifrar o que pensava de sua resposta. A outra bebe o café, a tontura do whisky já atingindo-a. — E você? Filha e noiva de guerrilheiro, que teria feito?

Riu, nem o pai, nem Carlos eram da guerrilha. — Teria morrido, nunca toquei uma arma.

Foi a primeira vez que a pegou de surpresa.

— Antônio nunca te ensinou? — ainda piscava, os olhos verdes em flash, chocada com a revelação. Gostou de como ela chamava o pai. Antônio. Não o seu pai, não Professor. Fez que negativo com a cabeça, sorriso contido nos lábios por ter provocado alguma reação.

— Carlos sabe disso? — fez que negativo outra vez. A boca ligeiramente aberta deu lugar ao sorriso que se alargou. — Ah, ele nunca me perdoaria... — o brilho passou o olhar de Ângela como fósforo aceso.

Pediu uma garrafa de Perrier e deixou duas notas na mesa.

— Vamos — disse em tom decisivo.

E ela foi sem pensar.

* * *

Ângela a fez pegar a arma.

O choque do metálico frio com a mão direita provocou arrepios. Ela percebeu. Calma, pediu. Passou a mão. Mão suave no seu punho, como a dela que agora segurava a arma. Ela segurava o ar como quem segura a única mão estendida em salvação. Ângela tirou a arma da sua mão. Estavam no canto mais afastado do jardim, onde nem as camélias ousavam ir. Mirou na árvore, já com algumas cicatrizes.

Som de disparo. Ruído ensurdecedor. Estalo. Mão repousa no gatilho.

Ainda zonza, fita o novo vazio na árvore. Quantos vazios ainda caberiam?

Queria atirar? Não, mas vamos lá. Se prepara para o baque, afirma o pé. Eu te seguro. Mão na cintura. Tontura na mão.

Encaixa o gatilho nos dedos.

Som de disparo. Ruído ensurdecedor. Estalo. Mão repousa no gatilho.

Não abriu vazio. Para onde vai a bala quando se aciona o gatilho, ouve o som, mas não se vê o vazio?

A trajetória da bala não vista assinalou o vínculo. Soube pelo olhar. O gatilho foi acionado. No segundo olhar trocado, desatam a rir. *Se o som de um riso me parece perdido no abismo dos anos, aquele riso me parece preso na bala perdida.* Abraçaram-se, sempre rindo. O momento perdurou a eternidade que devia durar, até o próximo instante. Interrompeu, em provocação, algo que sabia não suportar.

— Pare de rir! Você me ensinou como matar alguém, isso te faz cúmplice — *era isso que sentia, cumplicidade? Eram essas coisas que sempre implorou que alguém a ensinasse?*

— Você, assassina? — pela primeira vez o olhar, analisando-a por completo, agradou. — Não, não faz seu tipo.

— Pior, eu posso me matar. Você se perdoaria, Ângela?

— Convenhamos, você não faz a linha que se mata. Muito menos com um tiro.

— Como? — ousou esperar a resposta, torcendo para que só dessa vez ela não entendesse.

— Uma linha mais natural, contato com o mundo, todo esse drama literário. No rio, talvez.

— Jogada no Rio Pinheiros?

— Não, cruzes! — estudou-a com mais atenção, sobrancelhas unidas. — Pare com esse papo mórbido.

— É uma das coisas que não entendo. Suicídio — o primeiro muro que derrubou foi falar com Ângela sobre todas as coisas que não entendia.

— Acho que é o que muitos daqui fariam se estivessem para ser pegos — apontou para o Casarão. — Mas confesso não entender muito.

— Por que o rio?

— Única coisa que me veio à cabeça, Virginia Woolf.

— *Ao Farol*? — lembra-se do livro preto repousado na estante. Ela assentiu. — Uau. Não sabia — o desconserto foi evidente.

Restaram ali, duas mulheres em silêncio. Reflexo na íris, tocando intimamente a solidão uma da outra.

— Será que ela se sentia sozinha, Virginia Woolf?

— Por um momento não — adorava o modo como ela explicava o mundo sem parecer que era grande coisa. — Ela teve uma amiga, especial — escolheu bem a palavra, como quem seleciona fruto na árvore. — Vita. Com quem ela trocava correspondências.

Pensava no que responder, de algum modo aquilo lhe parecia imenso. Arquitetônico, desde o "especial" escolhido por Ângela até a menção à beleza das cartas. A vontade súbita de chorar subiu à garganta, espécie de reconhecimento, emoção do reencontro após longo inverno. Como sempre, Ângela era mais rápida.

— De qualquer modo, ela tinha um marido. Virginia Woolf — e saiu, sem olhar para trás, deixando-a sozinha no espaço entre as lágrimas e a solidão.

Quando apagou o abajur aquela noite, o livro repousado na cabeceira era *Ao Farol*.

* * *

Ângela a fez pegar a caneta.

A primeira carta chegou na semana seguinte.

* * *

Restos de café borrado na xícara. Abandono a mesa sem olhar para trás, o ônibus logo estaria na estrada. Imersa em meu próprio mundo, esbarro em alguém. Farda. Os ossos gelam. Ele sorri para mim, pede licença. Desenho borrado no fundo da xícara. Os olhos queimam, e a ânsia sobe fria em zigue-zague. Em passos sem vida, corro o tempo da náusea. Vomito no meio-fio da calçada.

Parei para comprar pastilhas Garoto na pequena bomboniere da rodoviária. Quando chego no limite da plataforma, o mesmo amargo de sempre. Penso em ligar para Dona Augustina quando chegar na cidade. Ronco do ônibus. A metade menos inventada começa o trajeto. Virgínia acena do local de embarque.

IV.

Árvores secas dançam atrás da janela do ônibus. Cercas limitam gramas que perderam a vivacidade, com a fuga do verde. O solo perde a cor. Apenas folhas secas, sucumbidas da vegetação que ladeia a via. O ronco do motor vibra o acento, *ecoando som de batidas do teclar da máquina de escrever, ainda vívido no passar das estações.*

* * *

O anúncio do retorno do pai foi marcado pelo estacionar da Rural na fachada de casa. Desce amparado. Olhos ilegíveis pelas marcas roxas. Sangue seco, suor escorrido. Rasgos na camisa azul. Hematomas e cortes espalhados. Saberiam em breve que faltavam dois dentes. Fitou o rosto do pai, olhar vazio. Ventos afiados de julho, 1969, acompanhavam a conquista do homem à Lua e a reconquista da liberdade do homem.

* * *

Registro: *O banho durou sete horas. O pai imóvel no chuveiro, mãos em volta dos joelhos, purificado pela água fria. A mãe teve vertigens, lágrimas furtivas choradas por semanas estendidas. César, entendimento mais aguçado, assumiu o infortúnio hereditário, como se reclamasse ser o próximo. Augusto, muito jovem, trancou-se no quarto, fugindo à proximidade da incompreensão. Ela permanece sentada, olhos áridos e ardentes. Pela primeira vez, sente O Medo que a acompanharia no desbotar do tempo.*

A mãe estava crente de que ele desistiria, última esperança agarrada. O silêncio prolongado parecia confirmar as suspeitas, o temor vencera o idealismo, esmagado por mãos que atam os nós da forca. Mas pássaro voa, pássaro rodopia; e é abatido por apenas um tiro de chumbo.

A mudez como pacto da casa foi rompida. Ouviram calados, olhares trocados como afirmação. Batidas curtas avisavam o retorno da Fênix, o pai teclava levantando a poeira que juntara na máquina como cinzas. Estava de volta.

Bater da máquina de escrever.

* * *

(O pavor levou o pai a cortar a linha telefônica, estavam incomunicáveis.)

* * *

“Baby”, tocava a rádio quando desceram para Paraty. O ônibus roncava, e os três eram atirados a cada curva. Pouco se importavam. Há tanto tempo, baby. As mãos de Carlos repousavam, em brincadeira, nas suas coxas. Ela olhou para trás. Ângela sorria ironicamente, pés no assento da frente. Pensou em advertir que não era permitido, mas sabia que ela não se preocuparia. Piscou arredia. Arredias eram suas cartas, caligrafia inclinada à direita, letras grafadas estreitas, melancolia nos pingos dos is e cortes dos tês. Questionava tudo, afirmava nada. Ainda assim, cheia de certezas, convicção entendida pelo excesso de interrogações. Assinava Vita e negava a vida.

O sonho da noite passada, mal dormida na expectativa do passeio, invadiu-a vívido. Costumava ir ao Country Clube da cidade com o pai, tempos antes da primeira prisão, quando não era malvisto. A prisão marcou a reclusão e, estranhamente, a maior atividade dentro do Casarão de São Paulo. No clube, ensinou a filha a jogar tênis. Ostentava firme a raquete, corria atrás de esferas esverdeadas, na espera de rebater ao outro lado. No sonho, não era o pai no espaço que a rede separava. Ângela. Faziam um jogo surdo, sabia onde ela rebateria, devolvia o saque. Não jogava contra, mas *com*. Na perpendicular da quadra, Carlos assistia. Atentamente, seguia os movimentos das raquetes. Aplaudiu com gosto. Ela se atrapalha e perde o match point. *A bola arremessada vinha em minha direção. Não era mais um ace, o som do tiro invade.*

* * *

Coisas que a fotografia não mostra. Sentados nas pedras, sentiam a maresia enquanto o mar beijava os pés, salpicados. Corriam os três pela areia. O nublado que os permitia dizer, a praia era nossa, só nossa. Éramos bons, os três. Eu sei que é assim, baby. Coisas que a música não mostra. Questão de encaixe. Ele era todo mar, dos olhos ao corpo banhado reluzindo. Via em seus olhos, seriam, os dois, infelizes; e ela almejava a infelicidade.

Não podia ver que os três eram uma onda gigante que perde força na areia opaca.

A tarde despencou, aquarela roxa do céu sem promessa de estrelas. Apoiaram-se no píer, afagando as pedras. Trocou um olhar de cumplicidade com Ângela, liam na vista as mesmas páginas, *Ao Farol*. Repousados uns nos outros, ouviram as batidas das ondas, ponteiros de relógios oceânicos. O chiado embalava quando Ângela tirou da bolsa tiracolo a caixa de pastilhas de menta. Bebiam goles, alternando a garrafa de Jorge Amado, cachaça especial de Paraty. Carlos e ela sorríamos um para o outro, enquanto Ângela empenhava suas mãos no trabalho. Acendeu o Zippo prata, passando o cigarro artesanal. Cigarro em mãos, garrafa em mãos, mãos em mãos, mãos vazias. Quando levantaram, rumo à pousada, observou a lata das pastilhas, cinzeiro improvisado — prateado do Zippo, marcas de batom, suas, dela, nossas, nas pontas do cigarro. Ao vento quase visível do mar, espalham-se as cinzas.

Caíram no sono a três. Despencavam, vejo pela janela do ônibus.

Ao vento quase visível do mar, espalham-se as cinzas.

* * *

(Por segurança, o pai os proibiu de enviar cartas.)

* * *

O ônibus fez uma parada em Cunha a caminho de Paraty. Imersos na alegria, o estupor tímido irrompeu quando assistiram aos campos de lavanda, primeiro plano da serra desdobrada aos olhos. Ramos de lavanda os rodeavam pela extensão do lavandário. Em meio à pintura viva, contou a história prometida:

[Depoimento]: O pai levantou, tomou duas xícaras de café e caminhou para o Parque, como chamavam a praça central na cidade. Poucas informações corriam, mas no Clube as pessoas já começavam a se afastar, o chamavam de subversivo. As meninas da vizinhança, que costumavam aparecer no portão para ganhar goiabas da árvore, desapareceram aos poucos, censuradas pelos pais. Augusto, o irmão mais novo, é quem mais sofria, se recusavam a andar com ele no colégio. Ensino cristão, todo conservadorismo. Gritavam na saída, "Comunista! Comunista!". Comunista, ressoava a cabeça do meu irmão mais novo. No parque, o Anfitrião, como chamavam um dos líderes do Partido Socialista da cidade, leu o Manifesto. Dele, o pai não repetiu uma palavra. Saíram de lá, o pai, o Anfitrião e mais uns amigos. Foram para o Cine da Praça, ao lado do Teatro. Hoje os dois funcionam sob vigilância. Bonnie e Clyde faziam seus disparos na tela, quando ouviram o tiro solitário do lado fora. O Coronel entrou, passos marcados pelo coturno. Sem olhar, visão fixa no fundo da sala, anunciou que estavam todos presos, "Passar pela revista e entrar no caminhão". Foram levados ao Quartel General da Quarta Força Aérea, centro de São Paulo, Largo Santa Efigênia. Procedimentos foram feitos. De lá, seguiram escoltados ao Xadrez, em Santana. O céu fechou em Cumbica quando embarcaram em uma aeronave B-25. Saíram de lá dez, chegaram nove na prisão improvisada. Vendados, não viram o acontecido. Durante o voo, ameaças do Coronel. "Estão vendo isso aqui?", batia na carcaça do avião, "Herança de guerra, sabem o que isso significa?". Caminhou e abriu um compartimento, "Por aqui, os paraquedistas se atiravam para defender a pátria". Pausava. "E é por aqui que vou atirar um a um." "Onde estamos, senhores? Em cima do oceano, aqui embaixo é tudo mar. Os tubarões vão se divertir." Os Sargentos riam, enquanto os prisioneiros rezavam. O pai pensava no filme interrompido, que aconteceria no final? Todos os filmes que não conheceria. Engoliu a seco e preparou-se para a morte. O Sargento vendou-os, mas, quando se abaixou para a vez do pai, ele já havia cerrado os olhos, nunca se perdoaria se a última visão para a eternidade fosse um capacete militar. Isso, nunca. No precipício da cegueira, estavam prontos para se atirar, dispostos em fila indiana, quando o barulho da queda de um homem ao chão deixou eco. O Coronel falou baixo e arrastado "Só não jogo vocês no mar porque inimigos da pátria não merecem cair do mesmo lugar que heróis". Fechou o compartimento com força, novo eco. Vendados, permaneceram ali, sentados no chão. O corpo do companheiro repousava a poucos metros, mas não podiam ver. Ataque fulminante, o coração não resistiu ao golpe das ameaças. Desceram do avião e receberam a pá para sepultar o colega morto. Os outros assistiam de longe, metralhadoras nos braços. Não deixaram lágrimas cair, pacto estabelecido em silêncio, que se prolongou pelos dois meses que ali restaram incomunicáveis. Sujos de terra, embebidos pelo suor do esforço, foram levados às celas. A história do pai era o que viam no regresso: olhos ilegíveis pelas marcas roxas. Sangue seco, suor escorrido. Rasgos na camisa azul. Hematomas e cortes espalhados. Saberiam, em breve, que faltavam dois dentes. Olhar vazio. A outra estava sepultada; gritos do Anfitrião, a correnteza do eletrochoque que tremia as grades da cela. Foram dez, desceram nove, voltaram seis.

[Um outro depoimento]: Em casa, a mãe era um rastro de si mesma, vagava como fantasma pelos cômodos da casa. A cama era muito vazia, repetia. Recorria aos soníferos, que não faziam efeito, deixando-a perambular sem consciência. Servia-se do malte do marido, abandonado na cristaleira, quando o peso se tornava insuportável. César, do Casarão, tentava localizar o pai, "Há esperanças, alguns dos nossos estão infiltrados na polícia". Augusto via no sumiço do pai um modo de desviar do coro que o apontava "Comunista! Comunista! Comunista!". Não derrubou uma lágrima durante os dois meses, permaneceu sentada, olhos áridos e ardentes, *sentindo O Medo. Desconfia de que foi herdeira do pacto de silêncio do pai em meio às pás de terra que selavam a lápide.*

V.

A vertigem de antes ameaça retorno. A rodoviária da cidade era um prédio baixo, faixas de azul e branco nas paredes. Agora só o branco, as impurezas realçadas pela pintura em desgaste. Entro na lanchonete, em frente à rampa da plataforma de embarque. Peço uma Coca sem gelo. O atendente, jovem e desconhecido para mim, coloca a garrafa de vidro no balcão. Sento no banquinho giratório, de frente para os ônibus, carrinhos de madeira vistos de cima.

O sebo, único outro comércio da rodoviária, é só um ponto com placa de 'Aluga-se'.

Nos dias em que preferia um trajeto solitário, o silêncio pacificador, e abria mão das caronas do pai, vagava os tempos de sobra antes do embarque entre as estantes de livros. Por gentileza dedicada, Amaral, o dono do sebo, separava poesias: Bandeira, Cecília Meireles, Carlos Drummond de Andrade. Não resistia, sempre levava um livro especial para a viagem, felicidade clandestina para pouco mais de uma hora atravessando cidades. Recebeu muitas vezes seus panfletos furtivos, escondidos entre os livros.

Ler para não aceitar

Ler para não repetir

A inscrição veio em um quarto de sulfite, impresso por mimeógrafo. 31 de dezembro de 1970. O primeiro ano da nova década marcou as viradas de seu universo particular. 1970, foi um rio que passou em minha vida, cantava a voz no samba. Conquistamos o tricampeonato mundial, comemoramos na avenida (no ano seguinte, Pelé se despediria da Seleção, e deixaríamos cair lágrimas). O Cruzeiro Novo deixa de ser novo e volta a ser apenas o mesmo

Cruzeiro de antes. Eu te amo, meu Brasil, eu te amo, repetia a rádio, o pai desligava com força "Como amar esse país?". Ele amava, ela sabia. Por que faria tanto se não amasse? Implodia nela o desejo pulsante de conhecer outro Brasil, viajar do Sul ao Nordeste, andar pela Amazônia que defendiam em protestos, ainda que a maioria deles nunca a tivesse visto. Estranhou o sebo aberto, Amaral riu, "A vida não para, ano vai, ano vem, e esse mesmo cinza".

— Cabe uma última leitura no ano? Separei uma coisinha especial, diferente do que você costuma levar — entregou o livro, levemente surrado. Erico Verissimo. Não conhecia o volume entregue por Amaral, *Olhai os lírios do campo*. "Olhai para os lírios do campo, como eles crescem; não trabalham nem fiam", recitou o versículo. Intrigada pelo título, leva o livro. Encontra o panfleto quando o ônibus já deixou a cidade.

A distância exata de seis cidades paulistas. Passa parte da manhã da virada do ano no ônibus, cantando o nome de cada uma das cidades que a levariam até a Capital. No céu, os aviões da FAB cortavam o ar, em caminhos desconhecidos.

Olhai os lírios do campo produziu estranho efeito. Rotas tão bem traçadas, o porvir natural ao alcance das mãos; tudo parecia instável. Pisava areia movediça. Carlos, Ângela, família, Casarão, Universidade: tudo era engolido no redemoinho; castelos de areia arrematados por ondas, apagados na primeira ressaca.

Chega na rodoviária de São Paulo, na Praça Júlio Prestes. Poucos quarteirões a separavam da Pinacoteca. Desejava ver a fachada do prédio. Poderia passar o dia, a virada, o próximo ano contando os tijolos da Pina. Lembra quando o pai expôs uma gravura do Abaporu no Casarão, a explosão de opiniões divergentes. Carlos mostrou em um livro de arte o retrato de Oswald de Andrade, marido de Tarsila, 1922, dizia a data. Ângela escutou calada do outro lado da mesa, sorriu e falou de Pagu, triângulo amoroso ou liberdade sexual? Carlos rebateu que a liberdade sexual era pauta menor dentro da revolução. Ela revirou os olhos e disse que Pagu foi a primeira presa política brasileira. Ele perguntou se ela queria seguir os passos da vanguardista. Ela riu e mandou ele se ferrar.

Segue pelas ruas paulistanas, sentido Centro, os pés fatigados pelo salto leve nos ladrilhos. Poucos transeuntes tomavam as ruas paulistanas, absortos na promessa das comemorações do novo ano. Continua a caminhada, o olhar em construções antigas que nunca havia percebido, barrocas e neoclássicas, São Paulo era um mosaico. Para na Catedral da Sé, pela primeira vez atraída por traços do catolicismo, fruto do versículo decorado, *Olhai para os lírios do campo, como eles crescem; não trabalham nem fiam.* Tira a câmera da bolsa. Fotografa as torres neogóticas da Sé. Inspirada pela fotografia, ruma para a Biblioteca Mário de Andrade. Feitas as fotos, entra no único café aberto e pede um americano. Coloca açúcar e mexe ao estilo Ângela. Coisas que a fotografia não mostra.

* * *

A queda do piano. Temia que caísse sobre ela. O Carioca tocava Bach. Sempre sentia satisfação com pianos. Tinha um mogno na sala de casa, a mãe foi aspirante ao conservatório feminino de música quando jovem. Planos que não se concretizam. A harmonia das notas causava arrepios, nervosismo sem razão. Cobertura de um prédio na Alameda Lorena, vieram os três no Fusca, do Casarão. A música no piano continua com Edith Piaf, fecha os olhos ao ouvir a letra de "La Vie em Rose" na vitrola, última vez que viu Ângela entre rostos desconhecidos. Carlos, todo de branco, assistia à performance do Carioca entre goles de caipirinha. Percebeu a inquietação dela e trouxe uma cuba libre. Coisas que a música não mostra.

Ângela retornou, olhar inebriado, combinando com a aura alcoólica que rondava a cobertura. Alguns iam além, comprimidos experimentados livremente. Os três no parapeito abraçados, um corpo só. Comemoravam o ano. A inquietação abria trégua no peito, dando espaço para a ternura. Olhava para ele, para ela. O retrato dele na Consolação, o retrato dela em Paraty; ambos na caixa em que guardava as lembranças. Rostos entre selos colecionáveis e moedas antigas. Tiram novos retratos, os três. Preferia assim, ímpar, ao singular.

Aconteceu quando ele entrou para procurar bebidas, "Vocês meninas estão precisando se refrescar". O som foi o intervalo entre duas canções. Mal suspira, a vitrola determinou: "Suspicious Minds". Vamos dançar, a resposta é o suspiro. À meia-luz, não era de um tempo sonhado. Isso não impediu as duas de girar ao som da música. Moviam-se pelo apartamento em eclipse, com a espontaneidade que apenas o ocultamento do lusco-fusco artificial e o deslumbramento etílico concediam.

Basta a desaceleração do ritmo para o novo estupor tomar a cobertura. Sente na respiração a fragrância da antecipação, concreta quando Ângela se coloca à sua frente. Entre as duas, mais do que o ar de excitação: o tabuleiro do jogo, sacadas decisivas para o xeque. O sentir sem possuir que não conseguia alcançar com as mãos. Sob a luz alaranjada...

[...]

O encanto do momento desfeito pelo silêncio desolador que é o intervalo entre duas canções, o coração fechou na mesma velocidade em que se abriu, apenas um instante, e o momento estava eternamente perdido, desvanecera como nevoeiro.

Em volta, uns atiravam-se no tapete, aproveitando os restos, a aura do transe experimentado. Fechavam os olhos tentando guardar na memória a juventude, tempos auspiciosos, quando todas as esperanças descansam ao chão. Para ela, a inquietação retornara, sentia o peso dos que já foram para longe, paz suspensa despencada. O ar tornara-se subitamente irrespirável no escuro. Os Beatles tocavam. Imóvel, olhou para Ângela. Ela tirou o comprimido da bolsa, diferente do que os outros provavam na noite. Sabia bem para que servia a pílula, tomada a seco, ouvia os rumores da revolução sexual, o anticoncepcional.

A decepção foi a queda do piano. Atingiu em cheio, esmagando-a. Em todos os momentos de confidência e intimidade, ela nunca mencionou *alguém*. Dançaram o segredo suspenso.

Coisas que a música não mostra.

23:45

Dançava com Carlos ao ritmo da bossa-nova. O calor de segurar suas mãos, encostar a cabeça no peitoral sólido e apertá-lo contra o ventre.

23:50

Ângela e o cara dançam a poucos passos. Sensual, ele, ela, os dois juntos. Escorriam sensualidade nos movimentos, quase lascivos.

23:55

Poucas coisas eram tão extraordinárias quanto um corpo sólido para dançar junto.

Estava infeliz.

Meia-noite.

Uma aliança simples. O pedido de casamento, porvir tão natural que não necessitou dar resposta. O mapa já estava traçado, destino único.

Seríamos infelizes, e ela almejava a infelicidade como se quer bem a maior alegria. Agora a tinha ao alcance das mãos.

* * *

Passa a primeira manhã do ano caminhando pela Avenida Paulista. Os tímidos lapsos solares formavam estranha geometria, contornos sombreados do que restava do festejo. Passantes inteiros de branco moviam-se arrastados. Deixa Carlos no leito do noivado, uma cama de solteiro cujo dono desconhecia, no último quarto da cobertura da Alameda Lorena. O lençol escorreu o seu corpo, revelando pele e mais pele.

Entrou no ano sozinha, terminou no plural. A constatação a invade solitária enquanto a cidade paira concreta sobre os pés, antes de sair para caminhar. A varanda lhe permite clarear o olhar, encarava os prédios com o desprendimento de quem abrira a gaiola das meditações adormecidas. Incandescentes, alçavam voo. Transpassavam os prédios e o concreto, esvaíam como esperança escorre pelas mãos. Cerrava os olhos tentando captá-las enquanto se desfazem, turvas. Fluxo incapaz de sufocar em surdez, silêncio grita.

Flashes difusos da madrugada. Despidos, ela e ele dançavam ritmo próprio. Desejou que Ângela estivesse entre eles, no ímpar que parecia trazer o melhor do plural.

Não sabe por quanto tempo vagou pelas conhecidas fachadas cinzentas sob o céu chumbo.

Ano Novo, 1970—1971. Prenúncio do que viria.

* * *

O táxi a deixa na Praça Monsenhor Barros, na Cidade. O Comando da Aviação é longe, ainda assim estar de volta traz sensações mais fortes do que terras paulistanas. O desejo de vagar pelas ruas, monumentos que marcaram a formação, fotografias tiradas de todos os ângulos, inquietação e desejo por gravar os rostos. Infelicidade almejada, eu a tive, por outras mãos.

[...] A praça continua a mesma. Árvores exuberantes, espécies marcadas em placas sob o tronco; o chafariz cinza; o coreto central.

Me recuso a lançar a moeda, superstição antiga na cidade. A sorte me abandonou e não voltaria. Nossa outra superstição: a Bica do Bugre, quem da água beber sempre retorna. Aqui estou, mas penso em todos que nos deixaram sem regresso. Atravesso a ponte, o Educandário Santa Clara, escola para moças, desde 1855. Dentro dos muros, atrás da grade, o prédio do século XVIII, lições de piano, francês, latim, estudos sociais, gramática e toques de etiqueta. Duas esquinas me levam ao Hotel São Marcos, único quatro estrelas na cidade, anuncia a propaganda. O velho Marcos se escandalizava com os casais que dividiam o leito antes do matrimônio, nada dizia, a expressão ultrajada o delatava. "Pensar que isso aqui já foi um estabelecimento de família", soltava entre os dentes uma vez. "Logo estamos igual ao Palácio." Palácio era outro hotel, na beira da cidade, conhecido por ser onde os casados da Base levavam suas aventuras, longe da Vila Militar.

Chego com a bagagem e peço um quarto. Sozinha? Sim. Café da manhã e jantar incluso, o atendente me olha com curiosidade. "Senhorita não me é estranha." Me sinto tensa, não era parte do plano ser reconhecida. Suavizo, "Todo viajante parece sempre o mesmo". Viajante em minha cidade natal. Em memória de Marcos Fontes, diz a fotografia.

Deixo a mala no quarto. Cama de solteiro, lençóis brancos, dois travesseiros. Cobertor xadrez. Escrivaninha em madeira de demolição. O armário aberto me lembra Tigre. A vertigem retorna, me apoio na privada caramelo, mas nada sai. Nada sai de um grande vazio. Desengancho o telefone do quarto e penso em ligar para Dona Augustina, até perceber que não conseguiria fazer a ponte internacional. Tiro da bolsa o papel bem dobrado, a lista de lugares. Primeiro item. Lágrimas das últimas horas simulam a vinda. Deixo-as em exílio nas pálpebras.

Sei aonde preciso ir. A maior falha da fuga é voltar para casa.

VI.

Pássaro aprende a voar e não volta para o ninho, imigrante também não retorna ao país. Exílio é perder a terra, nômade não tem casa. Casa: conceito esvaziado. Nos anos em Tigre, pensava que se retornasse sentiria a familiaridade. Agora sei que nunca mais sentiria a casa. A perda não me atinge, cacos do espelho há muito partido.

(Faltavam lanças na grande, outrora branca, agora marrom, enferrujada em alguns pontos. O jardim bem cuidado era uma confusão de matos, tomado pelas pragas. Os tijolos perderam a cor, e o azul-claro das paredes descascava. O telhado, por suas telhas resinadas, estava preto. Até a goiabeira se curvava triste.)

Não esperava encontrar a casa vazia. Não sabia o que teria acontecido no correr das circunstâncias, mas não considerei o vazio. Que faria se confrontasse outra família? Pediria para entrar e ver o que restou da vida nessas paredes?

Restei olhando a rua, o chão, os padrões das calçadas, árvores que permaneciam, árvores que sucumbiram. Saberiam a história da casa, de seus moradores? Os concretos e os planos impedidos.

Toadas de uma música irreconhecível chegam de fora. A rua em surdez traduz o silêncio quase religioso. A melodia ousa interromper o pacto de mudez, mas não consigo escutá-la em minha incompreensão. De espaço longínquo, quebra o silêncio apenas uma melodia.

Sentei na frente da casa, vigília inútil. A paixão do fazer sem utilidade, a sentia nas veias. Decido contar os carros. Ninguém na rua. Penso na xícara de Tigre. Se pudesse ficar. Se não tivesse a missão que cumpria resignada, com a paixão dos irracionais.

— Tudo bem, moça? — voltava do mercado, vejo pelo carrinho. Mulher, meia-idade.

— A casa está vazia?

— Não é bom ficar aí na frente — aconselhou, estranhando meus modos.

— Eu já estava de saída. Fiquei curiosa. Uma boa casa, tão abandonada desse jeito.

— Bem se vê pelo jeito dele que a casa ficaria assim. Era de se esperar mais ordem de um militar.

— A casa é de um militar? — sou tomada pelo ímpeto de expulsar o homem, rosto desconhecido, da casa.

— Afastado. Tipo problemático. Passa dias sem aparecer, caindo de bêbado por aí. Não sei o nome dele, mas as gritarias são terríveis. As crianças morrem de medo. Confunde toda mulher com a tal da irmã, que ele jura que vai voltar. Nem se sabe se ele tem mesmo uma irmã ou alguma família. Faz tempo desde que os últimos moradores foram embora. Eu só vi o homem uma vez e, quando ele olhou para mim, por Deus — faz sinal da cruz e afasta-se, lançando um último olhar cheio de suspeitas.

Vá embora. Arrepios de horror causados pela descrição do militar. A vertigem dança na boca do estômago. Reconheço o medo. Sou compelida a ficar, mirar o rosto sem expressão. Lados opostos do tabuleiro que se encaram na perda, o rastro de si mesmo. Precisava do embate, sentia que ele pisava os cacos, agarrava-se como eu aos vestígios. Vivia em ruínas.

Aguardei em expectativa e temor. O corpo trêmulo e o coração pulsando como água viva. Levantei quando ouvi passos em direção à casa. Andar trêmulo, assim como eu, tremia. Vacilante. Me coloquei fora de visão, estaria frente a frente com um deles. Controlo a respiração que prometia ser funda, cerro os punhos e luto pelo último suspiro de coragem. Busco o rosto que me tirava o sossego na espera.

O encontro me pareceu decisivo, dissera a intuição.

Segurei o último suspiro, agarrei o ar.

Mas o perdi.

Sabia que olhava o rosto do irmão, Augusto.

VII.

Atravesso as ruínas. Adentro a morada das memórias pálidas que gritam o silêncio dos anos. Segue o irmão. Evita se aproximar. A mulher estava enganada, o rosto não era sem expressão. O avesso — o escultor o retalhou, cortes lapidados em excesso. A face era estandarte do semblante sucumbido. Como olhar no espelho, se assusta. *Os traços semelhantes denunciavam os olhos de quem encarou o abismo. Éramos, ambos, vítimas da queda.*

Não sei quanto tempo se passou desde que o segui; sala, corredor, copa. A mesa de madeira rústica. *Respiro as ruínas e contemplo os restos.* Sentamos em lados opostos. A mesa era campo de guerra. Em minha frente, os seus olhos lacunares.

Podia perguntar o que aconteceu, que rios e redemoinhos passaram por ele, mas só pude recorrer à mudez.

— Deve ter um pouco de café — apontou a garrafa térmica. A casa congelava, ainda que o vidro da janela cortasse a gélida corrente, tudo imóvel no tempo. *Ruínas que preservam o que um dia foram. O relógio triste na parede, ponteiros parados. O sofá na mesma posição, estofado em deterioração. A vitrola sem discos. Retratos que nada retratam.*

Estava submersa na loucura de Augusto.

— Quer saber por quê? — levanta a mão ao falar. Meus olhos repousam no relógio dourado.

(O Cartier Santos do pai, herança de família, comprado pelo avô, médico vanguardista, nascido e criado em uma fazenda no interior de Minas. Moço, viera para São Paulo estudar Medicina. Entre as folhas de anatomia, descobrira também a paixão pela aviação, ou o que ela

viria a ser. Como funcionaria a propulsão pensada por Da Vinci em meio a tantos desenhos de formas e músculos humanos? Foi sua única extravagância. Em Paris, onde buscava conhecer mais sobre os primeiros passos da medicina avançada, desembolsou uma pequena fortuna pelo relógio, semelhante àquele que ostentava Alberto Santos Dumont, assim como ele, mineiro de alma mundana. No retorno para o Brasil, mesmo diante do espanto da mulher, acostumada ao marido comedido com relação às finanças, não deixou de notar o olhar de curiosa timidez do primogênito. A máquina não era uma novidade. Já vira exemplares semelhantes no pulso do pai e de outras figuras masculinas. Imponentes, sempre à busca das horas, como se pudessem controlar a pulsão do tempo. Era, portanto, a importância que o pai conferia àquele pequeno relógio quadrado que o tornava resplandecente ao olhar do menino. Restou ali, a observar o rodar dos ponteiros dourados. Como se a voz do pai, ávido por relatar a viagem, não existisse. Inexistentes também eram as perguntas da mãe, de uma generosidade genuína, que transparecia a gentileza pela qual era conhecida. Tampouco os murmúrios dos irmãos mais novos eram captados pelos ouvidos. Contudo, o pai pareceu não notar o fascínio do filho. Colocou o relógio na caixa de mogno e fechou o tampo, suspendendo o encanto. Na mesma noite, o menino se debatia em devaneios da infância e retardava o sono, coberto até o queixo pelas cobertas e pelo medo paralisante; pois, há pouco, deixara o quarto que compartilhava com os irmãos para ganhar um cômodo só para si, mudança que os pais, já esquecidos de como é ser criança, concordaram que o agradaria. Mas só serviu para deixá-lo em meio à solidão do breu, consciente do escuro. Aquela noite, foi diferente. Com os sentidos despertos, em duelo com o sono que se arrastava em silêncio, ouviu o ranger suave da porta. Cerrou os olhos, como quem luta contra uma visão terrível. Reconheceu, contudo, os passos pacatos do pai, que sentou na beira da cama e sorriu ao perceber o menino ainda acordado. Nada disse, em primeiro momento, apenas colocou a caixa de mogno — que continha o relógio — no vão entre ele e o filho. Assim a promessa foi selada. Falou apenas que um dia, o primogênito, quando assumisse as suas atividades, usaria ele próprio aquele relógio para, em vão, controlar o tempo. Em parte, o destino foi cumprido. O menino, Toninho, não se tornou médico. Mas o relógio repousou no pulso do professor Antônio durante todos os seus anos de atividade.)

Repousava, agora, no pulso de Augusto. Augusto, militar inativo, o capacete na parede como estandarte ostentado.

— Sabe que, antes de me livrar da foto, coloquei o retrato do pai na estante. Posto privilegiado, de frente para o capacete. Dia após dia, com a vista do meu capacete — contemplar a animalidade exige uma firmeza que me foge, quero sair em disparada.

— Gostou dessa relíquia? — gesticula o relógio. — Eu bem que te vi olhando. É bonito mesmo. O relógio passa para o filho mais velho, ouvi isso tantas vezes. Era para ser do César. Mas ele não está aqui, está? — abre para mim um sorriso triste. — César? César, está aqui? — chama alto. Odeio o eco, repetição dos pecados. — Sabe onde César está? — sigo o silêncio. — Essa é a questão, ninguém sabe! — as gargalhadas correm no eco. Resisto a tampar os ouvidos, resisto a responder. Afogamos no vácuo.

— Não tinha a mãe, não tinha irmã. César sumiu. O pai se foi, eu estava livre. Ele sumiu, e eu não era mais cria do subversivo. Filhote de comunista. Aprendiz de guerrilheiro. Estava sozinho. Fui viver com Tia Magnólia em Sorocaba. Depois, fiz maioridade — levanta e tira a garrafa do armário, serve-se no primeiro copo, entre a pilha de usados. — Sabia o que queria. Me alistei por vontade, fiz de tudo para servir, aqui, a Aviação. Outro lugar não serviria. Lígia. Lígia, é você? Você precisa ver, Lígia, a força do capacete. Quer experimentar? Vamos, pegue e coloque, veja! — gesticulava em direção à sala. — Quando eu estava de capacete, em cima do cavalo, ou na Aviação, farda azul... o poder, você não sabe o que era aquilo, segurar o bastão do mundo. E derrubar — o olhar de sonhos de aviador pousou na garrafa sobre a pia. — Foi uma aterrisagem mal calculada — explicou, deixando escapar o motivo do seu desligamento. Antes ou depois do álcool, o que veio primeiro, queria saber. — Eu vestia a farda pensando em papai, o quepe como toque final. Imaginava estar olho a olho com ele, calava os discursos, o mal que fez para nossa família. É você mesmo, Lígia? — (o coro de humilhações de Augusto o seguiu por todos os anos corridos, imagino-o vestindo a farda, até o quepe, ao som "Comunista! Comunista! Comunista! Comunista!". Mal, mal, mal; repetia eco imutável.)

Desconhecia o retrato falado, a digital, as xícaras em que tomávamos café. Fantasmas ocupam as cadeiras vazias e dançam a valsa da ausência. A mesa que deveria ser só riso, conversas altas, xícaras de café, mãos sobre a mesa. Viagem distante que os devaneios apagam. Rastros ao fundo, silêncio que toca o anúncio da partida. O trotar de muitos cavalos. O vidro da janela corta a gélida corrente.

— Sempre soube que você estava viva, Lígia. Sentia nas veias — esfregava os rastros azulados nos braços com bestialidade. — Questão de sangue. Eu te salvei, eu sabia. Vamos, vamos para o seu quarto. Eu sabia, eu sabia, eu sabia. Você vai voltar, eu dizia. Quando eu pude voltar, deixei tudo como era. Reviraram algumas coisas, mas eu arrumei. Aquela carta, a sua carta, nos salvou. Ao desobedecer ao pai na proibição de correspondências, você nos libertou, Lígia — ergueu o copo, atitude de veneração que contrastava com a frieza inicial. — Estou muito feliz com o seu retorno — gesticulou em comemoração, brinde solitário.

* * *

Augusto me delataria? Diria que estou aqui? A Anistia me protegia? *Questões invadiam cômodos que eu esforçava em manter fechados enquanto subimos os dois pela escada de madeira.* Todos os quartos de portas cerradas, menos um, o qual eu previa que Augusto ocupava.

Chegamos ao quarto, perdido na eternidade da perda. Ainda assim, entrei.

Como era antes, nada ficou no lugar. A lembrança imóvel duela com os traços que teimam em enganar a memória. Jogo dos sete erros com todos os itens errados. As palavras do avô tantos anos antes, controlar o tempo é sempre em vão.

VIII.

No piscar incrédulo dos olhos, as imagens são registradas como cliques da máquina fotográfica. Flashes de uma vida abandonada. A cômoda de madeira imbuia. Sem bibelôs, repleta apenas das marcas que o tempo talhou. O armário triste, quase cabisbaixo pelo vazio que vai além da falta de pertences. Na escrivaninha, a caixa de música; bailarina torta, dança macabra ao som da melodia do tormento. O espelho restava lascado, com rachaduras que subiam como ramos de árvore invertidos. Na parede em frente à cama, o relógio palpita. Badalada que impede o esquecimento do decorrer dos anos. A cama. Repouso de sonos serenos, de inquietudes banais e insônias embaladas por sonhos incompletos. Permaneço estática, braços caídos rentes ao corpo, as pernas sustentando o peso por hábito. Consciente de Augusto em minhas costas, e desconfortável com a vulnerabilidade da posição, abro os passos que marcam a distância entre nós. Sem rumo, escolho a caixa de música. Nada. Eles levaram tudo.

Viro em direção ao armário. Sabia o que precisava encontrar. O olhar ágil, entretanto, cruzou com o de Augusto. O reconhecimento faiscou entre nós pelo tempo de um suspiro.

— Eles levaram tudo. Não havia como impedir. Eram provas que você produziu contra você mesma.

— Era correspondência pessoal. Eram coisas íntimas...

— Repugnante. Isso é o que era! Você não é a minha irmã, agora vejo bem. Não poderia ser. Nunca pensei que minha irmã seria capaz de... Como pôde? Escrever aquelas coisas? — o rosto contorcido em pura raiva. Ódio, o instinto primário.

— Seria presa? É isso que aconteceria? Torturada? Machucada? — completaria: morta.

— Internada! Num hospital para loucos e inválidos! Acaso já ouviu falar? Aquilo era prova. Te chamavam de invertida, desviada, transviada! As suas cartas para aquela lá... o tipo de gente que papai convivia. Presa.... e talvez, não na prisão.

— Seu problema então era ter uma irmã invertida, transviada, desviada? — imito o tom de sua voz, com desprezo.

— Não — balança a cabeça, de modo sutil. Pela primeira vez, o rosto abranda. — Não me importo com quem minha irmã dormia, deixava de dormir ou queria dormir. Decerto, o noivo não se importava. Imagina eu! Mas uma comunista desordeira... Vagabunda! — cuspiu. — Essa Ângela era o pior tipo de escória que papai conseguiu reunir.

Chegamos ao ponto zero. Ao frio na espinha. O tabu maior. Saberia todos os destinos descruzados. Augusto também percebeu a mudança. O quarto era sala de tortura. Em ritmo mecânico, me sentei na beirada da cama, como se senta em cama desconhecida. Em coreografia, ele relaxou os ombros e se encaminhou à cômoda. Abre calmamente e tira uma folha de papel escura. Papel jornal, vejo. Abre e desamassa, com surpreendente esmero, tornando-a mais legível. Entrega a folha, comprovação de tantas suspeitas que se arrastaram pelo tempo. O anúncio do casamento.

— Eles se casaram, então. Carlos e Ângela. Acho que nenhum deles gostava tanto assim de você, não? Consigo imaginar. Ele, de terno, se achando um careta. Se pudesse, aposto que casava descalço. Não deve nem ter cortado os cabelos. Não adianta negar, sempre foi um engomadinho de merda, apesar de toda a pose. O comunista maldito. O pai preferia um tipo como ele de filho... Enfim. Ela toda de branco. Virginal. Uma piada. A prostituta da comunista. Invertida. Prometeram se amar, respeitar, cuidar. Até que a morte os separe! A lua de mel imagina "Vamos fazer como Cuba! Como o Vietnã!". Até que a morte os separe... Acredita que eles casaram menos de seis meses depois da minha irmã sumir? Não acredita em mim? Pode conferir a data. Falta de consideração.

Mas a felicidade durou pouco... Não é ele que não queria casar na igreja? Instituição falida!, falava. Pois é, acabou casando — apertava o papel forte em mãos.

— Vamos voltar para aquele fatídico dia. Você consegue? Lembre-se de tudo, por favor. Não vamos esconder nada um do outro. Se você for mesmo a minha irmã, vai se lembrar. Você terminou de comer.... Batatas assadas! Pai falava longamente. Queria falar com Carlos sobre alguma — faz uma pausa, se divertindo — revolução! Na África? Falha a memória. César ouvia, enciumado. Ele invejava a intimidade do pai com o Carlos, acredita? Ainda mais depois que ele começou a te... Noivou com você, oras! Como um homem respeitável faria. O comunista safado. Decerto, queria as fazendas lá de Minas, pra dividir com o povo — enche a boca para falar. — Mas calma. Onde estava? Me perdi. Ah. Sim, sim. César era invejoso. Isso não vem ao caso. Ou vem, não importa. Você estava louca para dar o fora. Terminou de comer e subiu. Você sempre foi a minha favorita, sabia? Juro, juro mesmo. Pelo meu pai. Agora eu vejo, você não é a minha irmã. Voltou toda empertigada. Estranha, com pressa. Logo você, tão serena. Ajeitou a saia, colocou uma mecha do cabelo atrás da orelha. Como se pedisse permissão para sair. Mas aí, tudo mudou. Olhou para todos nós. Decidida. Disse: vou sair. Só. Ninguém teria impedido. Ninguém, ninguém conseguiria. Naquele momento, decidi que faria como você. Sairia, firme. Nunca voltaria. Mas você queria voltar. Não. Não queria, tinha o retorno como certo. Deixaria a casa por minutos. Hora. Duas horas no máximo. Com a certeza de que voltaria. Nunca imaginou, não é mesmo? Vou sair. Aquelas foram as últimas palavras. Você nunca foi muito sentimental. Só com aquela mulher. Saiu. Você passou pela porta. Ninguém olhou muito. Sem comoções. Papai continuou na mesa. César tentou sintonizar a TV. Mamãe pintava as unhas. Eu subi. Joguei futebol de botão. Sozinho. Papai nunca foi desses. Ele deve ter brincado com o César, ou com você. Se você for mesmo a minha irmã, vai saber. Nunca comigo. Ficamos ali. Cada um penetrado na sua própria vida. Matutando os próprios pensamentos. Como se o tempo não passasse.

— Foi um chute na porta. Despertou todo mundo. Tem certo transe na rotina, sabe? No que se faz todo dia. Sentimos quando isso se quebrou, com a porta aberta. Entraram uns quatro. Vi tudo da escada. Pegaram papai e César. Queriam você também. Se você for mesmo a minha irmã, vai saber o porquê. Sabe, eu fico realmente feliz que não te acharam. Só não sei como. Pegaram gente na cidade. Sessenta e seis pessoas ao todo. Uma grande operação. Claro, a maioria inútil. Papai era o número um, imagine. Dizem, repito, dizem, que tinha sangue por toda a cidade. Ainda tem gente com coragem de dizer que somos brandos! Pegaram papai. Pegaram direito. Chutaram César na barriga. Ele vomitou. Chutaram mais um pouco e jogaram ele no vômito. Papai interessava mais. Perguntaram o que era o Casarão. Ele não respondeu. Menos um dente. Perguntaram onde era o Casarão. Ele disse que não sabia. Outro dente. Não sobrou nenhum. Um deles segurava mamãe, lembro bem. Fiquei com pena. Eles tinham uma carta. Sua. Para aquela mulher. Você se achou muito esperta, assinando com outro nome, não? Virgínia. Mas eles tinham o endereço. Engraçado. Eles não pegaram a vaca da Ângela tão rápido. Deu tempo da mãe dela colocar o anúncio do noivado e... Mas isso é história para mais para frente. Te chamaram de tudo que é nome. O pai já estava desmaiado. César caído no vômito. Mamãe chorava. E eles continuavam perguntando. Mais afirmavam do que perguntavam. Faziam isso pelo país. Por amor ao país. Os dois foram presos. Enviados para São Paulo. Com outros do Casarão. Em duas semanas, o pai estava morto. Morreu em uma sala, sozinho. Mãos e pés amarrados. Disse tanto e morreu amordaçado. César durou mais uns dois meses. Mamãe nunca pôde visitar o filho. Ninguém sabia direito onde ele estava. Depois disso, ninguém nunca soube mais nada. Mas está morto. Tenho certeza. Fomos para Sorocaba, a mãe e eu. Com tia Magnólia. No começo, ela não saía da cama. Depois, começou a fazer perguntas. Eles não gostavam muito disso por lá também.

Vagava pela casa, ar aéreo. Mal comia. Vivia com olheiras. Cantava estranho, baixinho. Nunca mais pintou as unhas. Um dia, saímos, tia Magnólia e eu. Quando voltamos, estava morta. Morreu como um passarinho, na cama. Nunca quisemos saber do quê. Tristeza, digo eu. Papai a matou. Triste, muito triste... Como um homem acaba com a própria família por um ideal torto, desviado. Não se sinta culpada. Nunca. Foi tudo culpa dele. A sua carta interceptada nos libertou. É melhor morrer do que viver daquele jeito. A mão daquele homem sobre nós... Não se sinta culpada.

Tenta pegar minha mão. Desvio o gesto, ainda segurando a folha de jornal.

— Vamos ao resto. Curto e simples. Casaram. Não sei como a vaca se safou. Você mandava as cartas ao Casarão. Você, não. Minha irmã não seria capaz disso. Não sei que diabos invadiu o corpo da minha irmã. Cartas para Vita. Nunca acharam a tal Vita. Abandonaram o Casarão, todos eles. Hoje, é uma sede da polícia, aliás. O fato é que os dois estavam na mira. Os pais dela publicaram o anúncio do casamento, sem saber que ajudariam eles a encontrar a filha. Eles nem imaginavam sobre as atividades dela. Deixaram que eles se casassem antes, romântico. Achávamos que você tinha morrido. Eles achavam, não eu. Nunca. Mamãe tinha certeza. Mas te procurou. Eu sou prova. Ela só queria te achar. Seu noivo deve ter tentado te procurar, eu acho. Mas resolveu casar com aquela lá. Casaram. Dois meses depois, tentavam fugir para o Rio. Identidades falsas. Iam num Ford. Acertaram o tiro no pneu. O carro capotou. Tiraram os dois de lá meio feridos. Levaram daquele jeito mesmo. Pau de arara. Choque. O pacote completo. Uma coisa eu soube. Ele era um forte. Diziam, repito, diziam que ele estava irreconhecível quando jogaram o corpo na vala. Sinto muito — diz com indiferença. — Ela foi solta. Deixada nua numa estrada após um tempo. Depois, não se soube mais.

Terminou de contar, impassível. Permaneci quieta, sentindo me invadir, cheia de uma tristeza que esvazia o corpo todo. Enfim, reuni forças para uma única pergunta.

— E quanto a você nisso tudo?

— Primeiro eu subi. Peguei isso — mostra o Cartier Santos. — Coloquei no pulso. Depois desci. E contei para eles tudo que eu sabia. Um deles, Sargento, me deu três palmadas nas costas e disse: muito bem. Deixaram eu e a mãe. Ela nunca soube o que eu disse — olhava sonhador, lembrava a glória da felicitação.

Ela deixou cair as lágrimas. Soube, naquele momento, que estava acabado. Toda a vida que *ela* deixara se esvaiu, sem retorno possível. Tudo se fora, estava acabado.

IX.

O despertar é como punhalada. Incomodada, me reviro na cama, onde restei encolhida. Lembro os copos de vinho. Goles de bebidas mais fortes. Fuga pelo álcool. Não importa para que lado viro; o incômodo continua, as palavras cortantes de Augusto em eco. Pontadas duras na altura do peito. Três da manhã, indica o ranger dos ponteiros. As palavras. O cheiro irreconhecível do quarto. Deveria ter voltado ao hotel. Gosto de vinho na boca. Em silêncio, escuto o som da respiração. Cada vez mais arrastada. O peito acelera. Álcool sobe a bílis. A respiração é um ruído incômodo. Palavras, sempre as palavras. O coração pulsa como os ponteiros do relógio. Formas disformes dançam nas paredes. Sombras tortuosas. Vultos. Rastro no espelho. Consciente de tudo, mais desperta do que nunca. O farfalhar de um galho no lado de fora. Chiado de água. Seriam passos? Tambor no peito. Toque no rosto, como afago. Os mortos? O quarto está repleto de mortos. Fecho os olhos e os rostos vêm. A respiração é um ruído grave. Suor cobre o corpo. Consciente do lençol grudado na pele. Impossível manter os olhos fechados. Abrir é uma tortura. Algo cruza a parede. O estampido de um tiro. Sensação familiar. O temor em chuveiros, som da água se mistura a gritos imaginários. Corredores em que imagino ser perseguida. Escuridão esconde assombros de morte. Camas, sempre camas. Hora de dormir, a tortura que nunca veio, sempre repetida no cerrar dos olhos. Quando a angústia do corpo todo se reúne no peito, não aguento mais. Levanto para conter o grito. Corro, simplesmente. Saio pela porta.

* * *

A carta chegou em um dia nublado. Lembra-se do dançar das nuvens, embalado pelas incertezas. Escolheria o destino traçado ou se lançaria às desventuras do porvir? Perguntava-se desde o Ano Novo, com a certeza do noivado. Casamento, sempre desejado. Por que não, agora? Amava-o? Que poderia desejar mais? Desejar mais da vida, a última carta de Ângela, quase um mês. Deseje mais da vida. Tenha coragem para desejar mais. Refletiam sobre aquilo que se chama vida. Que seria isso? Estariam a viver? Viveriam se fossem esposas de alguém? Como era o viver? Como alcançar felicidade tão arredia? Sabia que seria infeliz; contudo, desejava aquela melancolia, como se deseja o júbilo. O que isso dizia sobre ela? A mudança do tom nas cartas. Ângela. Os olhos, o batom, as mãos. O fio invisível. Linha de atração. Ângela, revirava na cama. Ângela, pensava no êxtase com Carlos. Ângela, entre nós dois. Que seria o entre? Quantos sentimentos sem nomear cabiam no entre. Apenas se deixava ser invadida pelos raios de alegria, que sucediam garoas de melancolia. A sutil tristeza nos olhos. O que poderia querer mais?

Como desejar mais, se não sabia o que desejava? Matéria estranha, essa vida. Vita, assinado na carta. Letra angulosa. Vita, Vita, Vita, repetia no calor do banho. Conhecia as cartas de memória. As mãos de Carlos. O suor compartilhado, dança de corpos. Vida, life, vie, vita. Que diziam aqueles silêncios, quando trocavam olhares no Casarão, agora sem muitas palavras? As cartas, repletas de vazio, que diziam? O inconfessável à beira da caneta. Escreva, minha querida. Coloque em palavras o que grita nesse olhar. Grito não, sussurro. Silêncio do indizível. Prestes a implorar. Tentava em árduo empenho transpor ao papel o que a alma, tímida, ainda não consegue traduzir. A alma, pois o corpo já conhece bem. Efeito: mãos, lábios, peito. Corpo em explosão. Uma palavra, era apenas uma palavra, e tudo está decretado. Me atiro nesse rio, pedras nos bolsos do casaco. Tão errado, ainda assim, tão certo. Firmeza que desmorona castelo de cartas.

Desmoronou.

* * *

A confusão é soturna. Medo que pesa o respirar. A chegada da carta rasgou o obscuro. Luz, o suspiro de alívio após afogamento. Alumbramento. Rasga calma, com medo de danificar o conteúdo que lhe era tão caro. Trêmula, estica o papel com ternura. Poucas linhas. Capazes de tanta comoção, abalos sísmicos.

* * *

Minha querida, Virgínia

Perdoe-me. Escrevi, na última vez; na verdade, pedi, em silêncio, que tivesse coragem de querer mais da vida. Conhecendo-a como conheço, sei que pensou em mil maneiras. Peço desculpas. Não ofereci nada. Mas, agora, peço de modo claro: não se case. Venha comigo para o Rio. Andaremos juntas à beira do mar do Rio, no calçadão, voltaremos para casa tarde e abriremos uma garrafa de vinho e ficaremos embriagadas para que eu possa te dizer todas as inumeráveis coisas que tenho em minha cabeça — elas não saem durante o dia, apenas no escuro do Rio. Há um jeito de viver.

Vita, 1971

* * *

Com estupor, o ar espesso, escreve com excitação, de modo voraz, a resposta. Outra alternativa não havia. A letra trêmula, sacudida no papel.

* * *

A carta, nunca enviou. Resignada a se deixar levar pelo magnetismo, entra no ônibus. Afoita, respira mais leve a cada uma das cidades que deixava para trás. Em cada placa, o anúncio. Sai da rodoviária, como se lutasse por uma legião. Cruza a cidade em êxtase voraz. A caminho da vitória iminente; e com o medo típico do bem-querer. Pela primeira vez, o Casarão era espaço de liberdade. Anda em direção à porta, como se tudo lhe pertencesse. Ela a encontra de pé, sozinha, repousada em uma coluna. Palavras eram dispensáveis. Nada foi dito, e em silêncio subiram calmamente. À luz do dia, dividiram a cama, sem terceiros. O luar em aquarela sucedeu o lusco-fusco quando adormeceram as emoções enfim satisfeitas.

Na manhã foi o despertar, a despedida. Disse que se casaria. Escolheria o destino traçado.

Soube que nunca mais a veria. Soube no silêncio que vertia a ausência das frases que morrem em algum canto desconhecido. Era tão claro quanto a luz da alvorada que entrava oblíqua pela janela.

* * *

Mesmo que guardasse no peito a certeza: estava partido, a esperança movimentou-se. Pássaro que rodopia, e é abatido por um único chumbo, em meio à acrobacia. Três dias. Três voltas do ponteiro no relógio. Três sinos da meia-noite. Tirou a carta da caixa do armário, onde estava decidida a mantê-la como reminiscência dos turvamentos da juventude, e saiu para enviá-la. Nada importava mais. Escolhia a felicidade suspensa e o risco da queda. O resto é história cinza.

* * *

X.

Fosse outra vida, caminharia com a leveza dos que carregam no bolso apenas os fardos cotidianos, intempéries banais, dissabores menores. Não esse andar denso, arrastado, de quem acaba de enterrar os seus mortos, de quem carregou seus mortos pela ponte dos anos. Sentiria, agradável, o sol arder a face. Cerraria os olhos, a mão direita na testa em viseira improvisada. Procuraria a fonte luminosa dos raios que pintavam turva visão. A ventania veloz espalharia os cabelos, e não me importaria. Um cisco invadiria os olhos e arranharia a vista sem grandes comoções. Pensaria na chuva que viria sem convites no cair da tarde, a riscar o firmamento.

Estava ainda presa, contudo, à fuga para o hotel, à noite de tormento. Chegara furtiva. Agarrei a chave oferecida, as mãos trêmulas, ignorando o estranhamento do recepcionista. Murmurei um obrigada sem certezas. Deixei-me cair na cama, o curto peso da queda. Sons acentuados nos ouvidos atentos. O hotel dormia, fora um gemido ocasional de sono ou prazer. Previ o retorno da adrenalina vacilante. Sussurros, sombras, toques. Sufoca. A dor escorre as veias, mais aguda nas juntas, cotovelos e joelhos. Por fim, a paralisia. Marionete, os membros tensionados por fios invisíveis. No espelho, o fantasma sempre veste farda.

Tento recuperar o conforto da infância perdida. Congelo o momento do ninar, embalado por suave canção, zelo arredio das tenras lembranças, às quais não temos acesso. Toda noite, a mesma tortura que nunca veio, devaneio tão vívido que já se tornou memória. Do sepulcro, morta. Carne em esfacelar, ossos que resistem ao tempo, andar solitário dos vermes que não percebem não estarem sós. A clausura da vala. Levantei, por fim, em assombrosa necessidade de fuga, companheira das madrugadas.

Caio de joelhos, como quem roga, e permito que o interior se esvaia para fora, agarrada ao vaso sanitário. O vômito é como as lembranças. Fugidias em fluxo, giram no redemoinho da descarga. E vão, sempre, como parte do que nós fomos.

* * *

Continuo a andar, mesma marcha. Disposta a enfrentar o dia que sucede os pesadelos das horas lúgubres.

Ruas do Centro. Um dia, ela as percorreu em êxtase, pressa despercebida. Ávida por uma mudança nos dados, já lançados pela covardia. Juventude, pele firme, músculos discretos se insinuando ao movimento, inocência desvelada no olhar. Oito anos separavam as duas imagens. Desfeita a aurora, cortava a rua, transeunte anacrônica. Cada pedregulho, uma ruína. Reconstitui o momento, imersa no passado. Submergida no poço das lembranças, sente o peso da carta nas mãos. Agarrada no peito, coração palpita no envelope. Palavras que transformariam em concreto o mar de incertezas. Afogada nos redemoinhos do sentimentalismo e, por que não dizer, distraída pela correnteza do amor, o céu era azul, mesmo inundado de saturado cinza.

Um latido foi o primeiro aviso. Não existem animais racionais. Do primeiro, juntou-se a sintonia: ladros, ganidos. Cachorro uivando é sinal de morte, dizem.

Passantes congelaram. Interrompido o jogo, todas as peças do tabuleiro restaram suspensas. A chegada dos cavalos decretou o tumulto. Gargantas de cães e homens emitem ruídos guturais. Uivos humanos, gritos caninos. Na primeira bomba lançada, a fumaça se arrasta. E então, mais nada.

Treme o pedregulho. O timbre anunciado de tambor se mistura aos gritos esparsos dos passantes que tomam a rua. Não se salvam todos, uns correm, outros sucumbem em resvalo ao chão. O som de ossos partidos alcança os ouvidos. [Ensurdecida.] *A carta, a carta.* Me agarro a ela, para protegê-la com o próprio corpo. Necessidade súbita invade os músculos pulsantes. Passadas vorazes cruzam a rua. Nada importa mais do que despachar a carta, conteúdo que conheço a ponto de recitá-la por completo. A ternura que escorre pelas páginas escritas é o que me mantém em movimento em meio à rua, apesar dos rastros de sangue rubro viscoso no chão. [...] Não posso parar. Um puxar brusco me faz cair, face ao pedregulho. Um passo em falso, afoito, foi o suficiente para a queda. Clamo por uma mão, apenas uma mão estendida em apoio. De baixo, o olhar oferece visão limpa da rua. Posso levantar.

Em um piscar mal projetado, o plano desaba como castelo de cartas. A ferradura na linha dos meus olhos. O cavalo levanta o tronco, as dianteiras suspensas. O rosto do dominador oculto pelo capacete. A adrenalina se apodera das veias, livrando-me dos sapatos, me coloco em propulsão o mais longe que posso, aquela não seria minha última visão. Frente ao perigo, penso no pai. E sempre, ela: *a carta, a carta, a carta, a carta, a carta, a carta, a carta, a carta, a carta, a carta, a carta, a carta, a carta, a carta, a carta, a carta, a carta, a carta, a carta, a carta*. Luto contra as rajadas de vento, veículo de folhas e terras que golpeiam os olhos. Levo as mãos ao rosto, embebido de suor, sangue e poeira, irreconhecível do pedregulho. Arrasto as digitais das bochechas até a linha do maxilar. O som foi o tempo de um suspiro. Livro as pálpebras e sou surpreendida pelo espetáculo. A arma — como nunca antes — apontada diretamente para a linha que separa meus olhos, únicos tradutores do horror.

* * *

Não devemos retornar para onde fomos felizes, mas tampouco avisam sobre a impossibilidade de se deixar o marco do infortúnio. Estamos sempre presos à teia, contemplação do vácuo da dor. Abandona as ruas com a paixão do soldado que deixa o campo de batalha e a paixão do lavrador que ateia fogo à terra. Quantas partidas cabem no bolso?

* * *

De lados opostos, se encaram.

O ruído baixo, um ronco primitivo, gutural. Membros se contraem, olhos cerrados, atentos ao mínimo movimento do rival. A pelagem arrepiada, apesar do calor que transpira o ar de janeiro. Cada um sente a sua dose de tensão, antecipando o ataque que não vem. Continuam a harmonia no mesmo tom grave, quase silencioso, distinto dos gritos agudos que cortam as madrugadas, quando dois gatos decidem que é a hora de lutar. Coisa ódio, o ato instintivo. Seguem a dança, sem desviar a vista. O menor, um autêntico rajado, recua o passo, numa lentidão que torna o movimento quase imperceptível. Mas ele não passa impune ao oponente, siamês. Este impulsiona a cabeça para a frente, como quem toma as rédeas. O silêncio cruza a rua, tomada apenas pelo ressonar dos dois gatos e a respiração arranhada da espectadora. Ela segura o ar, o grito que vem de algum canto inacessível, o som capaz de desfazer o cenário iminente. Segue, contudo, a observar, o olhar para cima, o duelo suspenso, localizado em cima do muro. Ao movimento sutil do rajado, soa uma interjeição de dor. Pressente a derrota do felino menor. Ele recua em busca de proteção. Sabe não ser páreo para o adversário. O animal mais esperto do mundo, ouviu uma vez, sobre um gato de anos atrás. São ótimos sobreviventes. Engraçado, o tal do gato morreu. Morreu, sim. Mas são ótimos sobreviventes. De qualquer modo, são infelizes, os gatos, lhe disseram; o animal mais sofredor do mundo.

* * *

Passo por uma antiga casa, dos tempos do café. Assim como eu, herança da violência do país que fui forçada a deixar e para o qual, resignada, retornei. Quanta cólera manchava as paredes, de um amarelo desbotado. O jardim já teve tempos melhores, restava apenas uma escultura de galhos retorcidos e arbustos disformes. Uma única árvore segue de pé; goiabeira. Colho o fruto, levando-o à boca. O doce amargo fruto da brutalidade. O líquido espesso, avermelhado, escorre. Jorra em minhas mãos, em nome do progresso brasileiro. Sangue invisível a quem vê. Em breve, sucumbiria. As paredes repletas de rachaduras desmoronariam e levariam ao chão o majestoso Brasil. Subiria o rastro rubro da poeira, edifício de terra vermelha, tijolos forjados por mãos torturadas. Mais uma perda, sigo. É difícil abandonar até o que se odeia.

Por respeito, sou impelida a parar no antigo oratório. Composição simples, retangular, aberto em meio a um declive que restou na cidade. A rocha imponente abriga, em seu coração, as velas e preces dos devotos.

* * *

O cemitério de Santa Efigênia. O oratório é local de peregrinação. Na esquina, há um semáforo. Os motoristas, à espera, não deixam de ensaiar um sinal da cruz apressado. Acima do oratório, há um declive. À esquerda, o convento. Ao centro, a igreja, tom rosado, estilo barroco, duas cruzes ladeiam a estrutura triangular. Meu destino é à direita, as lápides. Nos vitrais do convento, apenas um vulto solitário, silhueta coberta pelo hábito. Ajoelha em oração em meio às velas, chamas acesas do clamor repetido. Tocada pela imagem, sigo o caminho. Sabia que uma hora as cinzas chegariam até mim.

* * *

A ruela íngreme que leva ao cemitério dói os músculos, uma dor ardida que puxa os tendões. Mas sigo o árduo empenho. Sigo com paixão. Olhos adiante, passo atrás de passo. Na chegada, o suspiro. Ar que solto repleto de melancolia. Cemitério está sempre aberto, com a morte não há encontro marcado. Passo pelo portal imperceptível. O coveiro acena, educado. Costumava vagar pelo cemitério. Cruzava, criança, os túmulos ao meu alcance. Lápides imponentes em mármore, adornadas com esculturas, anjos querubins. Jazigos onde famílias inteiras se reencontravam no banquete do além. Isso em outras épocas. Agora, são valas. Com sorte, placa de identificação. Dois dias de uma história: o nascimento e a morte. O entre, esquecido, apagado. Profusão de cruzes, símbolos do filho torturado. Certa vez, Rita, uma conhecida nordestina que viera para o estado de São Paulo atrás do sonho brasileiro, contou uma história que tirou nosso sono por dias. Séria, pôs-se a dizer, voz grave, que se papeia no Nordeste que, nos cemitérios das antigas cidades paulistas, há verdadeiras feras enterradas. Que tipo de feras?, quisemos saber. Disse, então, que os homens ruins, "desses que têm ruindade no sangue, donos de escravos, do tempo da escravidão", não podem morrer. Simples, não conseguiam descansar, atormentados por seus pecados terrenos. Acorrentados, nos caixões, viravam bicho. Feras terríveis. Noites passei, na infância, aterrorizada por essa historieta, atenta aos sons da noite, ao piar dos pássaros, sinistro à hora do breu. Enquanto contemplo as suntuosas velhas lápides, erguidas em terra e sangue, penso escutar no longínquo o fustigar de correntes.

A mais notável lápide, todavia, pertence a uma anônima. O sobrenome das ilustres famílias se perdia perto da fama da Desconhecida. Tempos corridos da morte do Comendador de Santa Efigênia, já construído o oratório, a desconhecida viera parar, junto de uma comitiva, às terras da cidade. Grávida, procurou abrigo em fazendas, casas, casarões, casebres. Sucessivas negativas, portas fechadas, recusas, palavras de maldizer. Se fixaram, por fim, nas ruínas de Santa Efigênia. Deu-se o parto nos estábulos do comendador. Mais sangue derramado. Não resistira, o primeiro suspiro da criança é o derradeiro da mãe. Morta antes do amor maternal. A vida segue. Enterraram-na no solo de Santa Efigênia. Fundavam, assim, o primeiro túmulo e, sem saber, o cemitério. Não há cemitério antes do primeiro morto. Partiram, levando no colo de todos a criança, mais uma dentre os órfãos do Brasil. Deixaram à cidade um lembrete do seu legado de morte. As moças vagueiam no cemitério, na esperança de encontrar, no túmulo d'A Desconhecida, a resposta para seus enlaces amorosos. Não eu. Sentia que minha vida seria cortada por duas estradas. Desconhecido o futuro, se possível, poderia, outra vez, lançar os dados à sorte. Temia o porvir como hoje temo o passado.

* * *

Missão suicida, fadada ao fracasso. Na região mais recente do cemitério, uma sequência de covas abertas. Entre as lápides ordinárias, epitáfios apagados. Proibido acender velas, avisa a placa. Sempre há receio do incêndio. Nas árvores, pássaros piam, invisíveis. Outros, não resignados ao anonimato, giram em acrobacias aéreas, rodopiam no ar, comensais do luto. Grama verde e ervas invasoras são a relva do chão, regadas por constantes garoas, lágrimas saudosas dos mortos a se misturar com a de seus queridos, derramadas, carinho silencioso.

Acompanho, distante, um enterro. O caixão, suspenso, é aterrado na vala. Pás silenciosas trabalham. Alguns atiram os punhados de terra entre os próprios dedos. Em breve, tudo estará cinza. Sinto o aperto na garganta. Claustrofóbicos, como eu, deveriam ser cremados, não soterrados abaixo de terra, entulhos, passos, vida. Nossas cinzas se espelhariam ao vento, afagariam, leves, o rosto daqueles que amamos. O pranto familiar. Os enterros a que não assisti. Já os que apenas visitam túmulos seguem em melancolia silenciosa, flores tristes em mãos. O luto também é questão de tempo. Retalhos de colcha retalhada. O que dói é o machado, corte dos galhos da árvore genealógica.

Procuro, resignada, os meus mortos. Por eles, cavaria infinitos. As unhas em carne viva, mais sangue a alimentar o solo sagrado da morte. Abriria precipícios. Abismos no tempo perdido. No tempo, perde-se o futuro. Perder o passado é pranto. Perder o futuro, morte. Sustento a expressão da busca, longínqua, fantasma.

Até que o olhar se fixa no nome.

ATÉ QUE O OLHAR SE FIXA NO NOME.
II. SAUDADE
1971

I.

O estampido surdo do tiro.

Ela o ouviu infinitas vezes durante o intervalo em que a mira repousa na linha de seus olhos. Estrondo da trovoada. Podia ver o vácuo obscuro do cano, por onde esperava o chumbo da morte. Manteve-se de joelhos, prece silenciosa.

Olhasse para cima, veria o capacete, imponente, comensal. Cerrou os olhos, lágrimas ardidas, arredias, tentam escapar em fuga. Engoliu em seco o ardor da garganta. Apenas esperou, agarrada à carta.

O estouro veio; tremeu a rua. Piscou como quem desperta e respirou como se fosse a primeira vez. Do seu salvador, só lembraria o olhar combativo, linhas de expressão furiosas em torno das pálpebras. Sem esperar agradecimentos, saiu em disparo, pronto para a próxima luta, tão irreal quanto chegara, o soco inglês nos dedos. No golpe, certeiro, na altura da nuca, a arma repousou às suas mãos. Sem deixar a carta, ela afagou o cano com os dedos delicados. No chão, agora abaixo de sua face, o soldado resta a sangrar, implora com os olhos zonzos. Mirou onde os cabelos ralos se escondiam, sorriso inebriado nos lábios pálidos. Dançou as digitais no gatilho. Uma nova bomba explodiu, aumentando o trotar desordenado dos cavalos. Na necessidade súbita da fuga, chutou o capacete, atirando-o longe da cabeça do soldado, agora apenas um homem.

Corre, os músculos vivos, despertos após longa calmaria de quem deixou a infância rumo à juventude. Desliza como perpassava a relva do sítio em Minas, os campos, a clareira. Lança-se sem destino, desvia dos passantes ágeis, olhares trocados de agonia. Em alguns pontos, o pedregulho mancha-se de rubro. Impede colisões com os braços. No dobrar da esquina, choca-se com o velho, camisa branca como os ralos cabelos, olhar perdido. Ele a segura pelos punhos, os dois suportando o peso um do outro como tango improvisado. Por um segundo, a armadura de valentia desaba, quer chorar a inocência da velhice, interrompida pelo furacão; o jogo em que ela, por herança, teve que entrar. Sente, pela primeira vez, a dor de estar viva. Menos de um giro da ampulheta, estava absorta nos ventos do amor, destino que parecia tão definitivo. Agora, encara a barbárie do ódio, tão mais categórica.

Agarra-se ao velho e à carta, únicas matérias que importam em meio ao desabar dos castelos de areia. O cavalo arria à direita, e um golpe de coronhada passa, a riscar, os fios de cabelo, zumbindo a orelha. Puxa o velho. É inútil, ele cai. Estática, tudo pareceu silenciar quando ouviu, por fim, o estalo da morte. O corpo do velho se contorceu apenas uma vez ao tiro, no peito. Quando sente o sangue viscoso, ainda quente, salpicar face, braços e mãos, volta a correr. Como nunca, corta o ar gélido.

A bomba estoura logo atrás do corpo ágil, levando-a, mais uma vez, ao chão. O ardor invade narinas, garganta, olhos, espalha-se pelas veias, transita no ar respirado. A mão, fustigada pelos pedregulhos, é o impulso para se levantar. Cambaleia, a força perdida para a fumaça esvai-se como gás.

Vacilante, arrasta-se pela rua. Sabe que vai cair. As pernas derretem, o sucumbir dos joelhos puxa todo o corpo à gravidade. Espera a queda. As mãos trêmulas. Uma mão ao vento. Segue, passos vagarosos, visão turva, em direção à mão. É segurada.

* * *

A grande porta de madeira fecha assim que ela é puxada para dentro. Inspira, ansiosa, o ar limpo. Sente um vago odor oleoso. Está no velho monastério. Reconhece a arquitetura, os numerosos arcos. Ainda segura a mão. Na outra, leva a carta. Quando a respiração é normalizada, e sente-se menos zonza, repara, por fim, no resto do corpo. Uma mulher. Pouco mais baixa que ela, olhos castanhos, tons mais claros que os seus, a encaram incrédulos. Feições angulares, boca crispada, lábios levemente levantados para cima, sorriso mal delineado, como se o escultor tivesse lapidado apenas uma linha, deixando-a com aparência nervosa. Ostentava expressão inquieta, mas não solta a mão, não afrouxa a aliança do aperto. As roupas eram peculiares, vestia saia pastel e sapatos baixos, que contrastavam com as roupas da outra, acima dos joelhos, braços e busto à mostra, tons de vermelho e preto. Restaram a se olhar, em reconhecimento mudo, unidas pelo toque das mãos.

— Que se passa? Chi è questa ragazza? — a chegada de dois homens, vindos das paredes do monastério, quebra o elo. O mais velho, alto, corpulento, cabelos grisalhos mistos aos fios ainda escuros. Com olhar duro e altivo, pergunta repetidamente quem era ela, com assombro de sua presença. O outro, bem mais jovem e esguio, tem um rosto agradável, e apenas a analisa, como quem aprova o que vê, em um meio sorriso.

— Ora! Eu não podia deixar ela lá fora! Ela estava prestes a desmaiar, branca como um fantasma... — a mulher explica, enfática, o que acentua a sua juventude.

— E por quê?! Por que a porta estava aberta? Eu mandei em alto e bom tom, Giuliana, que essa porta ficasse fechada! Trancada, aliás. Até Giotto chegar.

— Pai, eu só queria ver... — Giuliana volta a buscar explicações. — Só queria saber o que está acontecendo. Tommaso disse que eu podia... — acusa o irmão.

— Os monges não querem confusão. Não querem relação nenhuma com o que acontece fora dessas paredes — bate com o punho nos tijolos, o rosto vermelho. — Principalmente... — balança a cabeça. — Quer que a gente perca mais uma freguesia? — aponta para a caixa, tomates vermelhos, frescos. Ao lado, o pote cheio de salgados. O cheiro de fritura embrulha o estômago da mulher, intrusa na cena familiar.

O homem é interrompido por um monge, atraído pelos gritos. Se desculpa em silêncio, com um aceno, e olha raivoso para a filha. A outra busca palavras para tentar defendê-la, mas a porta é aberta bruscamente. Entra, afoito, um rapaz alto, camiseta branca, suspensório e botina. Tranca a porta. A boina oculta a face, mais escondida pelo lenço que cobre o rosto como máscara. É reconhecido pelos olhos selvagens, trata-se do homem que a salvou mais cedo, se admira. Ele se livra do lenço e caminha em direção ao resto da família.

— Pergunte a sua irmã o que essa mulher faz aqui.

— Eu já disse, pai. Eu salvei essa mulher, ela iria... — o irmão recém-chegado, com o silêncio, oculta que foi ele o seu primeiro salvador.

— Esqueceram o que houve a última vez que essa família bancou a salvadora? — os filhos se calam, e o homem volta às atenções para a desconhecida. — O seu nome?

— Virgínia. É Virgínia.

— Virgínia, Virgínia, belo nome — Lígia repara nos três filhos. Compartilham os lábios mal talhados, nervosos. Os dois homens são altos. Giotto é forte, musculoso, corpulento como o pai. É o mais bronzeado dos três. Tommaso tem uns centímetros a mais do que o irmão, é magro e esguio, mas não de aparência frágil. Giuliana é bons palmos mais baixa que os irmãos. O trio tem olhos e cabelos castanhos. Ondulados em Giotto e Giuliana, rentes em Tommaso. São surpreendentemente belos, ainda mais em conjunto.

Os três a encaram de volta. Giotto a examina com olhar clínico, como se ela fosse um animal que ele ajudou a salvar. A indiferença lhe lembrava Carlos. Carlos, ela se obrigou a não pensar. Tommaso mira Lígia com ternura e admiração. É o mais doce, ela percebe. Giuliana não a analisa; perscruta a carta, que ela segura com os nós dos dedos, brancos com o esforço. Olha somente para as mãos de Lígia, que as remexe, nervosa, tirando a outra do transe. Se encaram em desafio. Cada um dos quatro a sentir o próprio coquetel de desconfiança, curiosidade e desejo.

— Mas o senhor estava interessado. Se não, então, por que mandou o Giotto para lá? — Giuliana não desistia fácil da luta verbal. Era uma provocadora. Sem coragem para enfrentar Lígia, voltou-se ao pai.

— Giotto é homem e forte. Podia ajudar aquelas pessoas.

— Então, admite que quer ajudar?

— Eu não admito nada! Muito menos que você questione o quanto eu me arrisco para...

— Eu agradeço muito a todos vocês — Lígia rouba a palavra, com atenção especial ao pai do trio. — Mas eu tenho família. Devo minha vida a vocês dois — olha de soslaio, tímida, para Giotto e Giuliana. Tommaso se remexe, desconfortável, expressão baixa, encabulado por não a ter salvado como os irmãos. — Eu vou indo, então — sente o desconforto típico das despedidas definitivas.

Passa pela família, decidida, ainda sem absorver a estranheza da situação. Um aperto incomum, agudo, invade o fundo do peito; uma melancolia singular, imprópria para a efemeridade do encontro. Giotto parece surpreso. Tommaso ainda desvia o olhar para baixo. É o pai que surpreende Lígia ao cortar o silêncio:

— Não! De jeito maneira. Meus filhos não te salvaram para que fosse morta assim, saindo por essa porta. Você não vai, não.

— Olha, senhor, eu entendo que você não me queira por aqui, atrapalhei os seus negócios. Eu já vou indo mesmo. Eu disse, tenho família... — à primeira menção de se retirar, Giuliana segura firme o seu pulso e a olha, penetrante, nos olhos. Lígia para. Tenta se desvencilhar. A outra reforça o aperto. Luta silenciosa. A lembrança viva, jovem e fresca, do abraço forte do velho, ávido por sobreviver, volta de súbito. Com um suspiro febril, ela finalmente sucumbe.

II.

Saudade.

Era o nome da vila. Em 1901, um italiano chega em terras brasileiras. Mattia Moretti estava disposto a fundar uma colônia. O café dava ainda os seus últimos suspiros, a terra provou-se produtiva também para o sisal, e logo atraiu uma gama de imigrantes. Uma estrada de terra nos arredores da cidade guarda o único acesso. O portão de madeira, alto e soberbo, protege os seus segredos. Fecha-se rigorosamente às seis. É aberto às cinco, com o resplandecer da alvorada. O estreito percurso é suficiente para apenas um carro. Por ela, passa uma Rural, de 1960. O motorista é Lorenzo Vitale. Ao seu lado, no carona, ia o filho Giotto. Atrás, os outros: Tommaso e Giuliana. O pai de Lorenzo foi um dos que deixaram a Itália para conquistar a Terra Nostra. Deixou em solo italiano a noiva, que chorara lágrimas ao vê-lo partir, o navio afastando-se nas ondas, até tornar-se minúsculo, até o sumiço definitivo no nevoeiro.

No Brasil, o pai tornou-se o braço direito de Moretti. Trabalhavam sem descanso nas lavouras e na construção da vila. O capital conquistado com a venda de café e de sisal era revertido em tijolos, cimento e telhas. Casas de alvenaria, faziam questão. Era o sonho brasileiro. Labutavam no sol, os rostos fustigados. Cantarolavam cantigas italianas. Sentiam falta da alegria rotineira, as canções, as saias brancas das mulheres, tingidas de vinho ao pisar as uvas. Parreiras e mulheres, suspiravam. Nas noites solitárias, instalados nas casas que começavam a tomar forma, as camas pareciam grandes demais para um homem só.

Mattia casaria logo. A escolhida foi a filha de um novo rico, visionário, um dos primeiros proprietários de fábricas que a cidade teve. O ramo têxtil estava em alta. Após mediação do sogro, dinheiro foi liberado para a finalização da vila. Ao fim, eram quarenta casas, igreja, centro comunitário e mercearia. Era o nascimento de uma pequena comunidade, que precisava ser povoada.

A importância do matrimônio era reforçada. A necessidade de se criar a nova geração, os nascidos no Brasil. Vitale tomou como esposa a irmã de um vizinho, casamento celebrado na recém-inaugurada igreja. No altar inquietou-se. O rosto da noiva deixada na Itália, que acreditava já ter se apagado no vão da memória e na mudança de mares, veio à cabeça quando afastou o véu da face da mulher. As más línguas da vila se lembrariam que houve certa hesitação por parte dele nos votos. Parecia aturdido, longínquo, mergulhado nas águas do Mediterrâneo.

De qualquer modo, a solitude foi aplacada e, em terra estrangeira, isso é suficiente. Compartilhavam a saudade aguda da Itália. Saudade da pátria amada, o sentimento que levou Moretti a cunhar o nome da vila, robusto letreiro de sete letras fixado no portão. Cada lágrima despejada no grande rio que é a saudade coletiva.

Na casa de Vitale as lágrimas eram pelos filhos que não vinham. Choramos até mesmo os filhos não nascidos. Era como se o ventre teimasse em não gerar semente em solo estrangeiro. Dizem que por isso a mulher definhou, e em dois anos, quando os cafezais cresciam vívidos e o sisal se espalhava pontiagudo, estava morta. Tornou-se mais uma saudade naquelas terras. Vitale habituou-se mais uma vez ao silêncio da noite, ao vazio infernal da cama, aos móveis empoeirados e à falta do lar na casa.

Tomado por uma saudade possível, um dia, furioso, comprou uma passagem de navio para a Itália.

Voltou em um mês, com a noiva deixada outrora. Nem a afronta do irmão da viúva, que considerava o enlace um desrespeito à memória da irmã, impediu que o homem vivesse até o fim dos dias com a primeira de seu coração. Para a noiva, a felicidade estivera perdida quando Vitale partira para a nova terra. Para ele, a fortuna havia morrido ao tornar-se viúvo. No Brasil poderiam continuar a história interrompida. Dessa união, veio Lorenzo Vitale, e mais quatro filhos.

Lorenzo, as mãos firmes no volante, lembrava-se dos pais. Nasceu e foi criado na segunda casa da vila. A primeira pertencia aos Moretti. Eram todas iguais. Térreas, amplas e espaçosas, revestidas de tijolos vermelhos. Os charmosos telhados eram visíveis, no melhor estilo inglês. Há um arco. Pensavam que gostariam, na velhice, de repousar em cadeiras de balanço e contemplar o movimento. As portas e janelas de madeira eram de um verde-água. Conservam-se assim por mais de meio século. Sucedem-se enfileiradas, vinte de cada lado da estrada. Ao fim, a mercearia vendia de tudo. Pertencia a Francesco Moretti, primogênito de Mattia. Por respeito ao fundador, evitavam comentários enfáticos acerca do superfaturamento dos preços. Não imaginam o quanto o bugiardo paga mal os fornecedores. Para baixo, perto da extensa planície das plantações, está o centro de convivência, um grande prédio retangular. Aos sábados, o almoço é coletivo, no centro. Comem entre risos, conversas em alto tom, escárnios e o tintilar de taças de vinho. Lembram um tempo que já passou. Um tempo que antecedeu a existência de muitos, e para o qual o retorno é impossível. Lembram as guerras, a alma gloriosa. O deus Marte. As guerras de independência, a conquista da Sicília, a tomada de Roma. Não pensam que o espírito bélico os relegou à miséria e os levou às distantes terras brasileiras. Sentem-se na Itália, com as famílias numerosas. Cantam e dançam até a noite cair por aquelas terras. Casais se divertem, sussurros carinhosos ao pé do ouvido, ao som da tarantela. Os mais jovens, solteiros, flertam com respeito, o olhar de aprovação ou reprovação dos mais velhos, a depender do escolhido ou escolhida, sua família — de que região da Itália eram os antepassados — e de quão gorda era a fortuna. Longe dos olhares, as árvores de Saudade eram guardiãs dos segredos; gemidos abafados, respiração pesada, saias levantadas, calças arriadas. Domingo de manhã estão todos na missa. Poucos passos adiante do centro, a pequena igreja, dois andares, um grande sino de bronze. A cruz branca repousa entre os tijolos alaranjados. Cada família em seu banco habitual. Escutam atentos o sermão na voz grave de Padre Cícero. Como a terra, abandonada no Brasil, foi semeada pela chegada daquele povo. Como os frutos amadureceram e se alongam no tempo. A importância do matrimônio — encara de soslaio os moços e moças — e dos filhos, novas sementes de Saudade. O sino é badalado quatro vezes; seis, meio-dia, seis, meia-noite.

A legião sai rumo às plantações às seis, quando os primeiros raios de sol tocam, leves, a vila. Em fila, seguem em passos desordenados. Ainda assim, parecem um corpo só. Muitos vinham de fora, do grande portão. Trabalhavam para os moradores da vila. Começa a grande orquestra de pás e enxadas. Às onze, o cheiro suave de comida se espalha. Ao arroz e feijão brasileiros, junta-se a essência de molhos, polenta, frango. Não era raro ouvir o grito derradeiro das galinhas, sacrificadas para o almoço.

Era quase hora da janta, o fim do trabalho nas lavouras. Lorenzo acelera, quer evitar ser visto.

O vento gélido corta Saudade. O farfalhar dos galhos pisados pelos pneus do carro. Sombra sinuosa das árvores na hora crepuscular. O voo ocasional e o piar dos pássaros. Calmaria. O frio suave da brisa contrasta com o calor habitual de Saudade, mormaço de turvamento, úmido, como o que se encontra no litoral.

A vila pacata em que nasceu embrulha o estômago de Lorenzo. Colocava em risco a semente lançada pelo pai, o lugar tomado como morada pela mãe.

Não era mais de Saudade.

No fim da vila, há um portão tímido, quase escondido. O limiar é a entrada da fazenda de Lorenzo Vitale. A lavoura era pequena. Café, algodão, milho. O solo seco não era para sisal. Nunca simpatizara com aquela planta pontiaguda, hostil. Deixava o sisal para os Moretti. A casa era como as de Saudade, ampla, térrea e revestida de tijolos. Ao longe, o casebre dos Silva. Não estavam à vista, o que pouparia, por hora, explicações. A esposa, como sempre, aguarda na porteira. Olha para os filhos, pacto silencioso. Estaciona a Rural.

No fim de Saudade, na traseira da Rural, Lígia está em silêncio.

III.

Não podia deixá-la. Lorenzo Vitale se revirava nos lençóis. Meditava a decisão tomada, o quarto ocupado. Não podia deixá-la. Encosta no dorso da mulher. Tereza. Por ela, abandonou Saudade. Quando decidiu desposar a filha de um lavrador, a despeito da desaprovação do pai, sabia que abriria mão da vida que conhecia. O pai nunca se conformou, "uma brasileira meio cabocla, filha de um bêbado, enquanto os irmãos se casavam com moças de respeitáveis famiglias italianas". Não esquecera o soco que o irmão mais velho desferiu em sua bochecha esquerda. A humilhação daquele soco cortou os laços familiares. Quando se viam por Saudade ou pela cidade, cumprimentavam-se como os velhos conhecidos, apenas isso que eram.

Fixaram-se em uma terra esquecida, no fim de Saudade. Melancolia, devia chamar o sítio. Mas estavam em estado de êxtase, os dois compenetrados na aprendizagem da vida conjugal, que descobriam ser diferente da linguagem do amor. Primeiro veio Giotto, depois Tommaso. Por último, Giuliana. O pai, que cruzara os mares em busca do amor incontornável, não entendia o filho, que cruzou apenas os portões de Saudade. Não podia deixá-la.

Mas já estão todos mortos; o pai, a mãe, o irmão; não adianta prender-se ao passado. O tempo sempre está em fuga, diz o provérbio. Abraça Tereza, com o mesmo afeto que escorre as décadas de vida comum. Ela se remexe, acomodando-se à ternura. Tereza, a ternura com que acolheu a ragazza, sem maiores perguntas. Amparou-a, ainda zonza pela fumaça. Conduziu a moça à casa de banho, esquentou a água na tina. Cortou pão e queijo, colocou o copo de suco de tomate. Pouco ela conseguiu comer, lacônica. O vento uiva. Noite de vento, noite de silêncios.

Os dedos doloridos o incomodam. O árduo esforço no volante, que nervosamente apertava com força. Na esquina do monastério com a Rua dos Correios, recebeu a sinalização para estacionar.

Parou.

O jovem soldado, capacete rente à cabeça, se aproxima. Uniforme impecável, sem uma ruga. Observa primeiro Lorenzo e Giotto. Depois, volta-se para o banco traseiro.

— Senhor — acena. — De onde vem?

— Da Itália. Os meus pais. Eu sou brasileiro.

O soldado olha confuso. Tem sorte de encontrar um novato. Um truculento já teria partido para a agressão. Humilhado, como se lesse os pensamentos de Lorenzo, ele reage, rompe a educação inicial.

— Pouco me importa de que maldito país são os desgraçados dos seus pais. Por mim você pode vir até do inferno...

— Pois, pelo contrário, eu venho do monastério.

— O que fazia no monastério? Decerto não é monge, senhor.

— Sou produtor de tomates. Ofereço os meus tomates para restaurantes do Centro. Se já comeu uma boa macarronada por esses cantos, já provou dos meus tomates. E para o monastério. A igreja também precisa de tomates, cabo — o soldado se incomoda com a menção à baixa patente.

— Quem são os jovens?

— Os meus filhos.

— Decerto não é monge. Não acho que o senhor vá saber, mas eu preciso te mostrar. Reconhece algum desses rostos? — uma galeria de fotos em preto e branco, rostos sérios, fantasmagóricos. Nomes, idades, crimes. Uma mulher. De resto, homens.

— Não. Não reconheço. Sou um homem do campo. Vivo para a terra, muito longe da confusão da cidade.

— Se importa se a senhorita descer para eu olhar melhor?

— Giuliana — vacilante, acena para a filha, como quem oferece instruções. Ela desce, firme, decidida. O soldado a ronda, devagar. Passa os dedos, suave, pelos braços finos. Apoia com a mão o queixo da moça, para encará-la diretamente. Ela sustenta o olhar.

— Bela moça. Entre no carro. Por último, o que tem na traseira? — aponta para o fundo da caminhonete.

— Os meus tomates — responde pronto, prevenido.

— Se importa se eu...? — encaminha-se para a retaguarda da Rural.

— É mesmo necessário? — se sobressalta Lorenzo. — Eles estão muito bem acomodados. É difícil a vida de comerciante, seu cabo. O mínimo defeito, defeitinho, desconta muito o preço. Despenca, vai lá para baixo — gesticula.

— Não se importa de eu ver a filha, mas se importa com os tomates — ri o soldado. — A filha não faz perder dinheiro, não é? Italiano carcamano.

— Já disse que sou brasileiro! Quer ver os meus tomates? Espere um segundo. Tommaso! — chama atenção do filho. — Passe um tomate para cá. Vamos, logo! Rápido, rapaz! — O tomate em mãos vermelho, suculento. Estende-o para o soldado. Não tem resposta. O monge interrompe a cena, a favor de Lorenzo. Roga ao soldado que o deixe ir. Era um bom homem. Não se interessava por política ou oposições. Não, não era um comunista.

— Boa tarde, signor. Siga com cuidado — a Rural parte, levanta poeira dos pedregulhos. Os quatro Vitale suspiram de alívio, um mais silencioso que o outro. Mudos, sentem a adrenalina. Lorenzo dirige trêmulo. A moça, Virgínia. Virgínia, não. A única mulher entre as fotos. Uma sequência com o mesmo sobrenome, família inteira na mira. Procurada 56, Lígia. Não podia deixá-la.

* * *

Lígia luta contra a fadiga. Não poderia ser vencida pelo sono. Confia, de modo desconfiado, na família que a abriga. Não houve apresentações, descobrira os seus nomes acompanhando os diálogos vorazes. Eram figuras de personalidade forte. A proximidade a fazia sentir falta de sua própria família. Temia pelo destino dos pais e dos irmãos. Carlos, o noivado não rompido. Casaria com ele? Poderia casar ainda? Girava o anel de noivado no dedo. Colocou-o no dedo indicador, onde ficaria melhor. Sentia que nunca o repousaria no anelar esquerdo. A carta, debaixo do travesseiro, resplandecia. Lembrança do destino, dos caminhos que não podemos escolher. Mas ela escolheu, tinha que escolher. Despacharia a carta. Carlos, Ângela, Vita. Virgínia, mentia o nome. Sempre minta o nome, o pai ensinava. Lição que apenas os filhos dos opositores do regime conheciam na tenra juventude. Mentiu, mas confiava em Lorenzo, sua mulher e seus excêntricos filhos. Colocou a mão por debaixo do travesseiro, afagou a carta. Lembrou o olhar examinador de Giuliana e a apertou com mais força. Piscava, as pálpebras pesadas. Lutava para manter os olhos abertos. Poderia confiar nessa família? Giuliana lhe estendeu a mão. Em terra estranha, isso é suficiente. Por hora, poderia dormir. Não se abandona o porvir, as pontes do acaso. Cerrava os olhos, na janela, via a luz ofuscante, um ponto na estrada lúgubre. Arrepios percorrem o corpo trêmulo. Ainda sente o sangue quente do velho, o aperto das mãos enrugadas no pulso. É impossível o retorno. O passado, tão próximo no alcance de um dia, está perdido no tempo. A ponte está despedaçada. Os olhos se fecham, bater suave dos cílios, asas de pássaro noturno.

* * *

Impulso. Foi o que impeliu Giuliana Vitale à ação. A mão estendida. Quando a mulher desmaiou, agarrada a ela, implorou em silêncio ao pai. Como negar à filha, tão querida, a chance de salvar uma vida? Instinto. Foi o que a levou a pedir ao pai para não deixar Virgínia para trás. Virgínia, nome inventado. Como todos os nomes o são. Giuliana queria ver o mundo, a vastidão. Vivida. Assim a mulher parecera a ela. Pintada de sangue, as unhas tingidas em rubro, a saia escarlate. Vívida. Tinha mania de pensar que todos os estranhos eram misteriosos, que guardavam segredos profundos, e poderiam oferecer uma chance, uma fuga. Mas aquela era embebida de mistério — a carta, o anel de noivado. Alguém que tivera um deslumbre do vasto mundo. A vida longe de Saudade. Morar no fim da Saudade era uma sina para Giuliana. Para ela, a saudade parecia infinita. Lia o livro com pouca atenção, todos os versos pareciam tolos, desprovidos de vida perto do que acontecia em sua casa. Os pensamentos vagavam no quarto ao lado, onde a mulher repousava. Por que mentia o nome?, perguntava-se com mágoa. Ajudara-a se lavar, afastara os respingos de sangue nos pontos onde ela, inerte, não alcançava. Arrumara roupas para ela. Não recebera o agradecimento. A sensação da mão fria de Lígia, do elo mudo, o desespero estampado na expressão, estava cravado em sua pele. Aturdida, aproveitou a sensação, o destino em mãos. Pela primeira vez, era protagonista, Giuliana.

* * *

Seis badaladas do sino, distante, longínquo. O sino é tocado quatro vezes, espalha seu brado por toda a terra. As mãos que tocam o instrumento pertencem a um homem de olhos pretos, tão escuros quanto pode ser a íris. Veste uma túnica leve. Desce a escadaria de madeira, para no altar. Faz o sinal da cruz. Apaga com um sopro leve o castiçal, luz da noite. Pega a galheta onde repousa, líquida e ambulante, a água benta, tornada assim por Padre Cícero. Palavras tornam a água diferente da matéria, da própria água. Ao nascer do sol, fulgor no horizonte, abençoa as terras de Saudade.

* * *

Giuliana vacila. Na porta do quarto onde Lígia dorme, serena, pela primeira vez desde que a vira, ela hesita. Tem pena de acordá-la.

Tenta adivinhar que sonhos tranquilos a entretêm na noite. Mas já é dia. O sino já tocou naquela terra longe de ser abençoada. *Pare de ser tola.* Entra soturna. O quarto improvisado tem apenas uma janela, da qual pode-se ver a estrada, infinita, que corta Saudade. A cama é estreita, colchão de palha. Alguns sacos de terra estão empilhados ao fundo. O lençol, áspero, tem manchas alaranjadas, como se o sol, ainda no horizonte, já o tivesse beijado. Escondia o corpo da hóspede, visível era apenas o seu rosto, calmo, diferente da impressão de tempestade, furacão do dia anterior. Os cabelos escuros, quase pretos, caíam em cascata pelo travesseiro. Um envelope escapa à fronha. A estranha carta que agarrava com furor. Quando desmaiou, lânguida, Giuliana guardou a epístola, como se o segredo fosse dela própria. A ideia de abrir o invólucro e ler o conteúdo correu os pensamentos mais vezes do que poderia confessar. Mas aquela carta era sagrada. Sagrada pelo modo que Virgínia, a remetente, segurava-a como um bem precioso. Restou a ler o destinatário: Vita. Um endereço em São Paulo. A São Paulo dos devaneios de Giuliana, a cidade grande. As únicas palavras dispensadas a ela, onde estava a carta? Esteve tentada a mentir que a perdera, que estava perdida, para sempre, no monastério, entre sangue e terra. Guardaria para si aquela carta, a leria talvez. Foi impedida pelo olhar de agonia, o sofrimento de angústia diante da possível perda. Resignou-se a entregar, calada, em ato furtivo, o envelope inviolado. Recebeu um murmúrio, um obrigada mal pronunciado. A lembrança recente da desfeita doeu-lhe o ego. Por impulso, cutuca a mulher. Ela desperta em súbito, abrupta, os olhos vermelhos. Sentada na cama, os braços dobrados, encara Giuliana como se a imagem estivesse ainda embaçada, tornando-se nítida. "É hora de levantar." Sai, desvia de Roque, o gato. Ainda pode ouvir a respiração abafada, a constatação de que acordar era um tormento.

* * *

Lígia encontra a família reunida na mesa. A pequena cozinha é abafada, o mormaço entra pela janela. Um calor aturdido. Percebe, de súbito, a falta de Lorenzo. Um afago macio nas pernas, aveludado e felpudo. Um gato laranja a encara, desconfiado. Tereza reparte o pão.

— É fresquinho, tirei do forno agora. Come, você não comeu nada — oferece maternal.

Os filhos permanecem em silêncio. Esforçam-se para parecer que aquele café da manhã é um hábito rotineiro, que Lígia é parte da paisagem diária matinal. Giotto a ignora, mas Tommaso e Giuliana a olham de soslaio entre as xícaras. Tereza coloca a louça com café em sua frente.

— Prove. É da nossa safra.

— Eu preciso... — Lígia procura palavras para elaborar as despedidas.

— O pai vai falar com você. No almoço. Ele não fala com ninguém antes de cuidar dos tomates. Nem durante a labuta. — O gato ainda a observa, a cabeça tombada para a direita. Mia.

Lígia leva a xícara aos lábios.

* * *

Lorenzo é um homem da terra. As mãos acalentam o solo, nutrem-no. Os dedos penetram o chão, ele está ligado, pelas veias, à relva. O cheiro azedo do estrume não o incomoda. Do pútrido decomposto, vem a vida. Somos como plantas semeadas, do chão viemos e ao chão voltaremos. A esposa se chatearia. É a primeira vez que ele sai sem provar de seu saboroso pão. Era melindrosa com os seus feitos gastronômicos. Mas era impossível comer. Adiava o encontro com a moça. Como poderia? Estava afoita para ir embora, encontrar a família. Não era capaz de ser o porta-voz da má fortuna. Não se enganava. Estava claro, aquela moça era Lígia, a mulher procurada. Subversão. Os outros crimes não valiam nada. Eram inventados. Pretextos para a subversão. A família toda, assinalava o mesmo sobrenome, os prenomes em sequência. Aterrava, no solo, a sua desolação. As mãos queimavam na terra lamacenta, o calor irradiava do interior, do chão. Estamos no inferno, diria, baixinho, Giuliana. Não blasfeme!, rebateria alto a sogra. Estava frustrado, melancólico. E ainda havia os filhos, que exemplo daria a eles? Qual seria o seu legado? Acaricia os frutos, fartos tomates robustos. Valia o risco? Como contar à moça que a família para a qual ela ansiava tanto voltar poderia estar em frangalhos? Estavam na mira. Poderia salvá-la.

Talvez, Lorenzo a evitava pois não sabia, ainda, se estaria disposto.

* * *

Lígia se viu, sem escolhas, seguindo Giuliana, que por sua vez seguia Giotto e Tommaso para fora da casa. Avistou, de longe, o rosto altivo de Lorenzo. Sem qualquer sinal de reconhecimento, ele ajoelha, a estudar o solo dos tomateiros. Nota que eram, sem dúvidas vigorosos e pitorescos, como mostravam os saborosos tomates vermelhos do ontem.

— Hoje o Silva não vem cedo. Foi com a filha tomar conta da mercearia, a mercenaria, dos Moretti. Não fale ao meu pai que eu falei dos Moretti, ele detesta essa família. Silva é o nosso ajudante. Mora ali com filha — Giuliana aponta o casebre, simples, ao longe. Lígia acompanha a indicação. — A menina é boa gente. Papai implica com ela porque acha que ela gosta do Giotto. Mas, se for assim, todas gostam — era um aviso, Giuliana queria dizer à forasteira: fique longe do meu irmão, não arrume problemas. — Vem, vamos ficar na estampa. Só vamos ver eles trabalharem.

Estampa era como se chamavam as cabanas que as famílias rurais montavam para se proteger do sol no intervalo da labuta. As fábricas têxteis, de origem inglesa, eram muito comuns no interior de São Paulo, e tinham um método peculiar de remover os excessos de tinta dos tecidos. Após o tingimento, usavam de um pano grosso, branco, de algodão, para sugar o excedente. Os finos tecidos tingidos iam para a cidade, vendidos aos pequeno-burgueses dispostos a desembolsar uma pequena fortuna por um belo enxoval. O estofo branco, que restava manchado em tons pastéis, como se carimbado de modo aleatório, era a estampa, vendida a preços baixos para os camponeses, que a faziam de lençol. Logo, eles trataram de improvisar, usando a estampa como abrigo ao sol excessivo, que ardia a pele.

A curiosidade habitual de Lígia a teria compelido a perguntar o que era a estampa. Mas não se interessava pelos pormenores da vida rural. Era urbana, tinha planos de viver na capital. Adora a metrópole em profusão. As ruas do Centro, os outdoors coloridos, as placas vívidas de drogarias, lojas de sapatos, magazines. Os mascates, malas em mãos. Meninos malvestidos a lustrar os sapatos de couro de velhos bem-vestidos. Os táxis cada vez mais frequentes. Carros amarelos, azuis, verdes, vinho, bordôs, brancos. Cinemas de rua com os letreiros luminosos. Prédios altos em concreto. Homens de calças cáqui, mulheres de pantalonas. Os postes pretos, altos, onde girava embriagada, a olhar para Ângela ou Carlos. Fica séria, uma saudade aguda, como se São Paulo fosse já uma lembrança dolorida. Apenas peça da memória.

— Preciso ir embora.

— Você sabe onde está? — Giuliana olha longe, para as lavouras.

— Não.

— É da cidade?

— Sim.

— E não conhece Saudade? A colônia italiana?

— Não — o pai sempre disse que o progresso estava nas cidades. Era pelas cidades, as grandes cidades, que se devia lutar. O mundo mais justo estava nas grandes cidades.

Giuliana, decerto, não parecia uma camponesa. O rosto não ostentava marcas de sol. As mãos eram delicadas, como o resto do corpo. Tommaso poderia ser um marinheiro norte-americano dos filmes da década de 40; o rosto bonito como o da irmã, o corpo lânguido. Trabalha calmo, com espessas luvas, entre os cafezais, em espigas de milho. Giotto era como um Adônis do campo. Atlético e talhado, cicatrizes nas mãos e punhos. Era uma imagem diferente do que imaginava sobre os sitiantes. Os rapazes eram, em muito, superiores aos da cidade — e aos paulistanos. Giuliana não era páreo para Ângela. Quando pensava nas mulheres, pensava só em Ângela. E Ângela era dotada de uma beleza rara, incomum. A carta que repousa ainda embaixo do travesseiro aumenta suas inquietações, o ímpeto da fuga.

Ângela.

O despencar de tudo que agora era turvo. A falta de notícias.

Queda.

O vento sopra. Mas o ar permanece arredio. A respiração se confunde. Arfa. Um som de morte. É assim que o galo canta quando o seguram pela garganta.

O sonido se repete, fazendo-a congelar, os olhos arregalados. A vontade de se fechar toda, tornar-se um casulo. Giuliana percebe e a segura pela mão. Respira. Isso, respira.

Respira. Respira. Respira. Respira. Respira. Respira. Respira. Respira. Respira. Respira.

Ela assovia uma melodia de Roberto Carlos.

— Todo mundo se acalma com música — Giuliana tenta explicar o ímpeto. — Lorenzo não quer comprar uma vitrola — Lígia estranha que ela chame o pai, pela primeira vez, pelo nome. — Às vezes vem um som de música lá da vila.

A distração é inútil.

Lígia se levanta, vacilante. Caminha em direção a Lorenzo.

* * *

Ouviu os passos, ágeis e convictos. O andar já não era o mesmo. Os pés descalços produziam um som grave ao bater no chão de terra, diferente do farfalhar da relva. Ela se aproximava. Lorenzo cerrou os olhos. Droga! Giuliana não fora sutil. Não a convencera a esperar até o almoço. Não eram horas ainda. Ele não estava pronto. A decisão já se fizera, tímida, resoluta. A moça não iria ficar nada contente. Ela se desvia de Tommaso, que grita com Giuliana "Não avisou que o pai não fala com ninguém antes de ver os tomates?". Continua, vertical, em sua direção.

— Senhor, como eu disse ontem, eu agradeço muito tudo que vocês fizeram por mim, o senhor e a sua família. Mas eu também tenho uma família, e preciso muito ir embora. Não conheço esses lados. Tem como alguém me levar? Seria possível? Esse sítio é muito agradável, eu adoraria ficar, se as situações fossem diferentes. Mas não é uma boa hora, eu realmente preciso voltar para casa. O senhor pode me responder? Eu preciso muito falar com o meu pai. Tem coisas que ele precisa saber. A minha mãe deve estar muito preocupada. O senhor entende, não é mesmo? Eu tenho uma vida. Um noivo. Ele não vai gostar dessa situação. O senhor entende. Eu posso perder o casamento. O senhor pode me levar? Não fica bem para uma moça solteira ficar na casa de desconhecidos. Por que quer me manter aqui? Vocês cumprem ordens de quem? Deixe esses malditos tomates e me responda, por favor. Isso já está ficando ridículo.

O desespero cresce em cada palavra. Estava afoita. Perdia a paciência com Lorenzo. Mas, então, ela viu. E, depois de ver, apenas voltou, pálida e calada, para o lado de Giuliana, na estampa.

Ela viu a lágrima que teimava em escapar dos olhos do gigante Lorenzo Vitale.

* * *

O almoço veio com o prenúncio de morte. Tereza persegue o frango. Sente-se quando vai morrer? A ave aproveita a fuga, a corrida da liberdade, como se fosse a última vez. Lígia não esperava morrer no dia anterior, absorta nas coisas da vida. Mas não era o amor, também, a última corrida para a liberdade? Se envergonha do pensamento juvenil, como se Giuliana, ao seu lado, pudesse ouvir. Sem as perguntas tolas, Giuliana era imponente. Lígia quase preferia que ela falasse; em silêncio, os pensamentos têm uma profundidade inacessível e cruel. O rosto bonito e sóbrio de Giuliana era para Lígia o que a carta era para Giuliana: segredo a ser decifrado.

Há um magnetismo na morte. Comensal, ceifadora. O frango relutava ao seu destino. Abria as asas e tentava alçar voo. Infelizmente, o pouso era baixo. Tommaso se junta a Tereza. Juntos, encurralam o frango, que cai na armadilha. Todos se cansam uma hora. Nas mãos da mulher, ela o viu. Os olhos do frango. Pequenos, gelatinosos. Serenos. Não sabia que morreria, ou não tinha consciência do que era morrer. É fácil ser frango: sair do ovo, crescer, voar baixo, cruzar, morrer. O rosto de Tereza mostra o descontentamento com a missão. Segura o frango com uma espécie de ternura. Tommaso, logo ele, o doce, seria o carrasco. Colocam o frango no tronco. Ele canta uma última vez, como quem diz adeus. O facão desce.

* * *

Doze badaladas do sino tremem Saudade.

* * *

Madeira rústica. A longa mesa ocupa quase toda a cozinha. Um calor abafado preenche o ambiente. Fartos tomates vermelhos, arroz, purê de batata e o frango. Cheiro salgado de comida e suor. O suor de quem labutou na manhã. As cadeiras são dispostas em ordem. Uma cabeceira é desocupada, vazia, como se esperasse o ocupante que nunca chega. À direita, estão Lorenzo, Giotto e Giuliana. À esquerda, Tereza, Tommaso e Lígia. Na outra ponta, uma personagem que Lígia, estranha na rotina familiar, desconhecia.

A velha está descontente. Ostenta, sem esconder, a expressão enfadada. Encara Lígia com profunda desaprovação:

— Essas moças de hoje — debocha. — São todas umas perdidas. Essa tem cara de perdida. É uma ragazza? Esses italianos se reproduzem que nem praga! O que ela faz aqui, Tereza? Não tem cara de quem serve para trabalhar na lavoura.

— Mamãe! — Tereza se vira para Lígia. — Essa é a minha mãe, Maria. Ela costuma se recolher cedo, por isso vocês não se conheceram ontem. Não se ofenda, por favor, ela não sabe o que diz.

— A velha está caduca — murmura Lorenzo.

— E acorda tarde, então não costuma tomar café conosco.

— Pois sou uma velha, e tenho direito de dormir. Se soubessem quanto já labutei nas lavouras, quanta comida essas mãos já prepararam, os filhos que tive que criar sozinha por causa do beberrão do pai da Tereza. Só Tereza vingou. Porque eu, eu era diferente dessas meninas. Olha só essa aí — aponta Lígia. — Ela certamente nunca trabalhou, essas mãozinhas pintadas.

— Se pudermos evitar interrupções — encara a sogra com seriedade. — Precisamos discutir um assunto. — Lígia se anima, é a hora de discutir a sua partida.

— Por que diabos mentiu o seu nome, ragazza? — Lígia se enche de espanto, não esperava ser confrontada.

— Virgínia coisa nenhuma! Vai negar que se chama Lígia? — pronuncia nome e sobrenome. Ela se arrepia de terror. — Eu posso entender que mentiu no calor do momento. Mas não encontrou gentileza aqui? Gente querendo te ajudar? A partir de agora, sem mais mentiras. Vamos ser totalmente sinceros um com o outro.

— Sim. O meu nome é Lígia. Mas que isso importa se não vai me denunciar? Só me deixe ir.

— Ragazza estúpida! Tudo que fala só me leva a crer que você é culpada de alguma coisa. Agora, me diga, você é culpada? Cometeu algum crime?

— Não.

— Então, não diga mais nada disso.

— Vai me deixar ir?

— Não.

— Por quê?

— Não quer saber como eu sei teu nome?

— Não importa! Só quero entender, por que vocês não me deixam ir?

— Por que não deixa ela ir, Lorenzo? — as rugas conferem um ar divertido ao rosto severo de Maria.

— Não me interrompa, Maria. E quanto a você, já disse, não seja estúpida. Não vê que está tudo ligado? Deixe-me explicar — impede Lígia quando ela faz menção de se manifestar. — Quando estava na carroça da minha caminhonete, não ouviu o soldado que me interrogou?

— Sim. Foi por isso que fiquei quieta, no meio dos seus tomates.

— Sim e não. Ficou porque teve medo. Porque, quando deu por si, estava na traseira de uma caminhonete. Porque ouviu o interrogatório. Porque, mesmo sem nenhum crime cometido, você sabe que há alguma coisa. Porque você estava sob suspeitas, e sabe disso. Preferiu ficar na traseira do meu carro, perto de pessoas que te salvaram e protegeram, do que sozinha.

— E já disse que agradeço por tudo. Mas eu preciso ir, minha família...

— Me escute! Te peço, me escute. Sei o teu nome, Lígia, porque, quando o soldado me mostrou a coleção de fotografias, o rosto dos procurados, eu vi a tua cara. Reconheci a moça na traseira do meu carro naquela fotografia, apesar do preto e branco, da definição ruim, das marcas no papel. Era você. E digo mais, digo teu sobrenome. Outros da tua família estavam naquela lista. Se foram espertos, fugiram. Se não fugiram, foram pegos. Não pode ir, seria o mesmo que se entregar. — Lorenzo sente o gosto amargo na boca, o resto das palavras que selavam a infelicidade da moça.

Lígia se cala. Absorve as palavras. Sente o despencar da notícia, a família em perigo.

— Só preciso saber de ti: no que estava metida a tua família? — Ela, contudo, estava longe.

— Fique calma, nós já conhecemos outros perseguidos. Subversivos, como....

— Eu não sou subversiva. A minha família não era... não é subversiva. Nós apenas fomos ensinados, o meu pai ensinou, que isso não era um país. Era uma terra embebida em sangue, uma terra maldita, de violência, e esse regime é apenas uma continuidade. As pessoas cantam que amam o Brasil, comemoram a vitória na Copa. Mas olhe bem para o estado desse país. Apenas procurávamos um outro Brasil. Se isso é ser subversivo para o senhor...

— Não, não quero ofender.

— Eu insisto em ir embora. Preciso avisar minha família, vou atrás deles...

— Ragazza, não há a menor chance da sua família ainda estar aqui. Com sorte, fugiram. Com azar...

— Mas eu preciso saber! Eu preciso ir.

— Deixe-a ir — a voz alta e grave vem de Giuliana. — Se ela quer mesmo ir, deixe-a. Nós não precisamos desses citadinos que se consideram revolucionários. Que pensam que o campo, que nós, não temos nenhum valor. Não precisamos.

Lígia aturde-se. Não imaginava o desprezo de Giuliana, nem que ela interpretava os seus pensamentos secretos. Fica estática, muda, sem respostas. É salva por Lorenzo.

— Não se meta, Giuliana. Você insistiu para que eu ajudasse a moça. Pare com este jogo mimado. Lígia, eu te peço, fique. Não quero não saber o que te aconteceu, ficar na cabeça que poderia ter evitado o mal que cairá sobre você se for embora. Já ajudamos outros antes. Por pedido de Padre Cícero. Um colega de outra paróquia pediu o favor. Fique. Vamos achar um jeito. Dê o seu endereço a Giotto. Ele vai até sua casa. Se tiver tudo bem, tu voltas. Se não, vamos te ajudar em tua fuga. Confie em nós.

Lorenzo levanta e coloca a mão, paternal, em seu ombro. Lígia encara diretamente o castanho dos olhos de Giuliana quando determina sem tom ou expressão "Sim, eu ficarei".

Suspiros de alívio. A velha crispa os lábios em desdém. Giuliana está impassível, mas os olhos faíscam. Comemoram todos mudos, em respeito.

"Terei que me acostumar com essa mocinha? Maldito seja, Lorenzo!" reclama a velha. Mas espetam, cortam, mastigam e derramam o sangue. Já estão a devorar o frango.

* * *

A noite se estende profunda. Lígia volta ao quarto oferecido. Conhecera na tarde o bom Silva, caseiro de Lorenzo, e sua filha, Adriana. Era insólito conhecer aquelas pessoas, seus hábitos, os pormenores de sua rotina, se pretendia abandonar, em breve, aquela vida que nunca assumira.

Lígia não aceitara a oferta de Lorenzo. Vitale, aprendeu o sobrenome. Agregada, fora apresentada por Maria a Silva. Se tornar a agregada dos Vitale não estava na lista de seus planos. O porvir de uma vida, traçado em giz, esvaiu-se com as águas do destino incerto. Mas fora ensinada a lutar.

O sino badala o número dos apóstolos. No recanto ainda não visitado pela eletricidade, todos os lampiões e lamparinas restavam apagados. Apenas dois aposentos mantêm-se acesos. O quarto que ocupa Lígia, iluminado por apenas uma vela, solitária, no castiçal; e a igreja. O homem de olhos pretos acaba de descer do sino, pálido como a morte, quando encontra Giuliana Vitale, em pé, diante do altar. O pai preferira enviar apenas ela, sabia que chamaria menos atenção do que um homem. Uma mulher era sempre tolerada. Sussurrara depois do jantar as instruções à filha. Ela as repetia: "Damião, temos uma situação".

Do vão estreito da janela, Lígia contempla o lúgubre. Teria que ser antes da alvorada. Antes da legião de trabalhadores rumo à lavoura. Pouco antes, não conseguiria se locomover no escuro. Temia o breu. A carta, a vela. Estava pronta para a fuga.

* * *

Não esperava, contudo, encontrar o soldado. Apenas uma sombra, capacete. A arma, cano longo, apontada diretamente para ela.

IV

O grito cortou o lusco-fusco do amanhecer.

* * *

Por fim, Lígia decidiu abandonar a vela. Poderia chamar atenção. Soprou a chama tênue e girou, lenta, a maçaneta. Temia que Giuliana ou Lorenzo aparecessem. Os outros pouco causariam comoção. No estreito corredor, a lamparina que a ajudaria a se locomover no escuro. Pisava com cuidado, passos leves. Sufocou a risada, imaginou as reclamações de Dona Maria se Lígia a acordasse. Será mesmo que Lorenzo achava que ela desistiria tão fácil de toda a sua vida? Que morresse tentando o retorno, mas não poderia ficar. A estadia no sítio era como as visitas à fazenda de Minas, férias, um idílio antes de voltar ao turbilhão do viver. Passava pelos quartos, todos com as portas cerradas. Imaginou se seria por ter uma estranha, uma forasteira na casa, ou se eles fechavam a intimidade uns para os outros. Lembra o velho, os respingos do líquido rubro viscoso. Também era um laço. Sente-se observada, perseguida. O tremor passa do estômago à garganta. Tenta controlar a respiração. O ímpeto de correr. Controla-o e segue o caminho, vagarosa. É compelida a olhar a única porta entreaberta, encaixa os olhos na fresta. Giuliana dorme. Não podia negar que era uma mulher singular. Fossem diferentes as coisas, seguiria o magnetismo, o arrebatamento que a levava à proximidade e à distância. Não permitiria sentir-se mal por ir, por buscar o retorno aos seus castelos de areia, concretos e incertos. Lorenzo não trancara a porta. Previra sua fuga? Encosta, sem deixar ruídos, a separação entre ela e os que deixava. O mesmo aperto estranho do monastério, uma saudade aguda. Olha ainda, uma última vez, para a casa campestre. Então, segue até a entrada. Desembocaria na vila antes do bater solene do sino. Deveria pular o portão baixo do sítio? Muito dramático, decide abrir. É mais pesado do que imaginava, a madeira sólida. Consegue afastar o suficiente para a passagem. Com a derradeira vista para o sítio, vira-se de costas, em direção à saída. É quando ela o vê: o soldado, capacete, arma de cano longo. Aponta-a diretamente para ela.

O grito corta o lusco-fusco do amanhecer.

* * *

— Ragazza estúpida! — Lorenzo berra, vermelho como os seus tomates.

— Mais estúpida que ela, só mesmo esse velho idiota! — Dona Maria repete inconformada.

Tereza traz um copo d'água, na intenção de acalmar Lígia. Tremia em choque, ainda assustada pelo encontro.

O soldado era Alberto Siqueira. Passava do septuagésimo aniversário. Magro, raquítico, expressão desvairada: olhos inquietos, lábios franzidos e muitas rugas. Ele fora, sim, soldado. Orgulhava-se de ter sido pracinha. Alberto foi um dos que "sentaram praça", se alistou, já havia cumprido o serviço militar obrigatório. Na primeira convocação, foi um dos raros não reprovados. Gozava de boa saúde, era lavrador e forte. A chamada compulsória não demorou a chegar. Passou por um breve período de treinamento com um mister norte-americano, o captain. Não entendia ainda a extensão dos acontecimentos que o levariam para longe, em meio ao inóspito conflito. Vestia pomposo o uniforme e, por hora, isso bastava. Desfilava garboso, mostrava para todos o quepe e a arma, um fuzil M1 Garand. Não entendia nada, até ser mandado a Europa. Em 1943. Voltou, menos de um ano depois, considerado mentecapto.

— Um grande mentecapto! Já se dizia que você nunca bateu bem das ideias, Alberto!

— Oras, nunca bati bem? Bem sabe Deus e você, Maria! Nunca bati bem...

— Você é meu amigo de longa data, Alberto. Me viu crescer, mas juro que, se aparecer aqui outra vez com essa arma... Você tem que parar com essa mania — Lorenzo estava prestes a perder o controle.

— Lorenzo! Como posso andar desarmado? Com tantos deles por aqui? Os malditos italianos. Claro que não falo de você. Nunca me importei com suas origens, desde que a Tereza resolveu casar contigo. Uma boa união. Diferente da mãe dela. — Alberto nunca se importara com os italianos. Viveu e trabalhou em pequenos sítios, lavouras próximas a Saudade. Desde que voltou da guerra, contudo, não os suportava. Apenas o status de pracinha o poupara de ser preso, pois vivia a encontrar pretextos para ofender e distribuir escárnios aos homens e mulheres da colônia. A verdade é que os temia.

— Eu não tenho culpa se o desgraçado do pai da Tereza era um bêbado!

— Dona Maria, por favor — Lorenzo perdia as estribeiras. — O que fazia aqui tão cedo, Alberto? Quase matou essa ragazza stupida.

— Eu só vim pedir uns tomates.

— Mequetrefe! Veio roubar os meus tomates.

— É preciso estocar comida, Lorenzo. A guerra se aproxima.

— Guerra, guerra. Sei bem que guerra é essa. Fique aí. Deixa eu ver a minha... sobrinha.

* * *

Lígia estava em transe. Como se assistisse a um filme, preto e branco e mudo, em um cinema qualquer. Assim parecia o último par de dias. Procurava decepção nos olhos de Giuliana, enquanto era despertada, aos poucos, pelos goles de água morna. Não encontrava, entretanto, traços de ressentimento. A família toda a encarava com pena. Como se já esperassem. Ainda estava com o mais puro Medo, misturado à vergonha. A ânsia amarga na garganta, que nem a água purifica. Lorenzo se coloca à sua frente, mais delicado do que jamais o vira.

— O que estava a pensar? Não sei. Mas eu entendo. Fui expulso de minha casa e de minha família quando estava para casar. Queriam me arrumar uma noiva italiana. Eu senti saudade de minha família, da minha vida, por muito tempo. Tive que aprender uma nova vida. Você também foi expulsa da sua vida. Não há jeito. Eles estão aí, prontos para te caçar. Se quiser ir, não posso te impedir. Vamos te ajudar. Já falamos com os padres. Eles podem arranjar a fuga. Não tem opção. Quando a poeira baixar, vamos atrás da sua família. Repito, se quiser ir, não vou te impedir. Mas digo, o que resta é sentir saudade.

Foi a primeira vez que Lígia chorou lágrimas silenciosas, enterradas, como pacto de mudez.

* * *

Doze badaladas do sino. Em cada toque, o homem de olhos pretos repassa a conversa da noite. Giuliana Vitale o procurara. Teria, em breve, que falar com Padre Cícero.

* * *

— Onde está a besta do meu irmão? — a voz esganiçada interrompe o almoço. Pertence ao senhor que chega. Barrigudo, os botões da camisa branca não aguentam o esforço. A calça é segurada por um cinto marrom. Usa óculos e aperta os olhos para ver melhor. Fixa em Alberto. — Ah! Aí está você, seu velho.

— Irmão? — Lígia pergunta, em sussurros, para Tommaso. Uma mudança operou-se desde o incidente matinal. Como se o véu que a separasse da família, que a fizesse tomar distância, tivesse, de súbito, desabado com o susto. Por medo, ou pelo afeto que nascia, procurava se entrosar. É respondida, contudo, pelo próprio homem:

— Gêmeo. Irmão gêmeo. E a senhorita, é?

— A minha sobrinha — se antecipa Lorenzo, o gato, Roque, em repouso aos seus pés.

— Pela cara, deve ser italiana — Alberto fala cerrado, com suspeitas. — É o animal mais esperto do mundo, o gato. Que faz aqui, Roberto?

— Roberto chegou? — Maria questiona, apesar de vê-lo. — Agora o azar está completo. Belo almoço. Isso parece uma pensão de quinta.

— Pensão de quinta era para onde ia o teu marido! — retruca Alberto. — Sabiam, pois, que meu irmão fora noivo de Dona Maria?

— Como se eu fosse casar com esse balofo.

— Pois casou com o bêbado.

— E vocês dois, velhos, nunca se casaram. São dois velhos solteirões.

— Mamãe! Não discutam no almoço, por favor. Sente-se, Roberto, coma com a gente — Tereza serve a polenta numa travessa de vidro.

— Isso vai dar prejuízo. Como manja esse aí — reclama Maria, voz baixa. — Nenhum dos dois nunca bateu bem.

— Os italianos. Eu lembro bem quando cheguei no porto — os Vitale comiam, com a desatenção de quem escuta história repetida. Lígia parou para ouvir os delírios de Alberto. — O navio tinha um cheiro horrível. Os ratos estavam por todos os lados. Não importava onde nos deitávamos, eles estavam lá, os roedores, à procura das nossas sobras. Mal sabiam que a comida faltava até mesmo para nós. Competíamos por migalhas, nós e os ratos. Devíamos ter previsto o que nos esperava, mas éramos jovens, iludidos. Eu não era tão moço. Me alistei porque queria ir embora. Problemas, problemas. Conforme nos aproximávamos, no navio grande e sujo da marinha, encontrávamos destroços no mar. Mas ignoramos. Era tão belo o Monte Vesúvio, de longe. O porto também tinha um cheiro terrível. Um cheiro podre, sem vida. Era frio na Itália. Nosso uniforme era feito para o nosso clima. Esse calor insuportável que vem do chão. Mas o frio vem de todos os lados. Tremíamos. O inverno europeu nos castigava. Tínhamos medo de que a tremedeira fosse confundida com medo. Ninguém queria ser covarde. Veja, este país tentou me matar. O Brasil tentou me matar. Getúlio Vargas tentou me matar. E os malditos italianos queriam nos matar. Um desgramento meteu-me um tiro, passou de raspão, no traseiro, vou mostrar — levanta e faz menção de abaixar as calças.

— Não! Não será necessário, seu Alberto. Todos já vimos a sua cicatriz. É muito impressionante. Nossa prima ficaria chocada, ela é ruim dos nervos — convence-o Giuliana, apontando Lígia, que a olha em provocação.

— O pior ainda estava por vir. O meu pelotão todo foi morto naquela terra perversa. Fiquei sozinho, escondido em uma casa de campo. Como esta aqui. Então eles chegaram, os italianos de uniforme. Fiquei escondido, ao lado da janela. Eu podia vê-los, mas era invisível para eles. Nem respirava, o rifle em posição. Então, eu corri. Atirei, atirei como se a vida dependesse disso. E dependia. Derrubei todos. Mas fui atingido, de raspão. No traseiro. Me mandaram de volta.

— Conto da carochinha! — não aguenta Dona Maria.

— Mentiroso de uma figa. Tu que ficou para trás de seu batalhão. Ninguém morreu. Você se perdeu deles. Não tinha italiano nenhum. Nunca lutou uma batalha. Ficou escondido dias com medo. Saiu correndo e não havia nada. Nada! Essa tua arma velha não funcionou. Te deram uma quinquilharia. E tu ficou a apertar o gatilho, o cano para baixo. Até que saiu uma bala engasgada, direto no chão. E, a melhor parte, ela ricocheteou direto para a tua bunda!

— Roberto, por favor, estamos na mesa! — enrubesce Tereza. Todos escondem o riso, a encarar os pratos já prestes a se esvaziar.

— Te mandaram de volta ao Brasil porque é doido de pedra. Sua cabeça fraca não aguentou a guerra, irmão.

— E você que não teve coragem de ir para a guerra. Se entupiu de pão. Não passou nos exames. Fingiu tosses. Se fez até de manco! Fugiu da luta! Um covarde. Ganhei alguma coisa lutando pelo meu país? Nada! Mas eu lutei, lutei pelo meu país — repete, até a voz se abaixar em um meio riso triste.

— O senhor poderia ter me matado — Lígia ainda tem a voz fraca pelo susto.

— Poderia ter matado coisa nenhuma — Giuliana levanta. Saca o rifle, repousado na parede. Aponta para o centro da mesa. Aperta o gatilho, apesar dos protestos do pai, o sobressalto da avó, as tentativas de Tommaso e Giotto de desarmá-la, a palidez de Lígia, o ave-maria da mãe, o miado seco do gato e o pânico dos Berto. Nada. Para onde vai o tiro quando não se vê?, lembra Lígia. — Essa coisa não funciona, fique tranquila. — Todos relaxam os ombros, risos nervosos.

— Arre! Que almoço! Que homens os Berto! — comemora Lorenzo. — Tomemos um vinho.

* * *

Austero, Padre Cícero está em frente ao altar. Abençoa as hóstias para a missa de domingo. Em nome do pai, do filho e do espírito santo. Despeja o vinho no cálice. Absorto no ritual, não percebe a chegada de Damião.

— Padre, preciso falar contigo.

* * *

Lígia se prepara para dormir. Está viva. Sabia, agora o que era o viver. Precisa se desligar. Era como se adormecesse de sua vida. A vida de antes, a que desmoronou. Para viver nova vida. Os dados que a levaram para Saudade. No fim da Saudade. Era como fechar os olhos. Adormece o que foi deixado: o amor familiar, as armadilhas do coração, os planos desenhados a lápis. Não esqueceria, mas primeiro tinha que sobreviver. Sobreviver era estar em Saudade. Esperava que a família também tivesse pensado na fuga. Ela os encontraria em novo golpe de sorte, em uma esquina do viver. Batidas na porta interrompem a angústia do desconhecido.

— Olá — Giuliana estava leve, como uma aparição, um espírito. Enquanto Lígia permanece calada, senta-se na beira da cama. — Lembra quando o pai disse que já ajudamos outros na sua situação? Um colega de Padre Cícero, da paróquia, pediu ajuda para enviar um moço embora. Estava sendo perseguido. Ficou conosco duas semanas, totalmente escondido. Deu sorte, partiu para a França. Nunca mais tivemos notícias, o que deve significar que ele está bem. O outro foi pego em um protesto. Padre Cícero também o trouxe. Uma noite, deu uma escapulida para a cidade. Soubemos que levou um tiro na cabeça. Quando acharam o corpo, estava sem as duas mãos. Teve sorte que encontrou a arma gasta do velho Alberto hoje. Se fosse diferente, teria acabado em Santa Efigênia. O cemitério, conhece? Qualquer dia te conto a história. — Se aproxima e beija-lhe a testa. — Boa noite — sai, como um dos fantasmas que Lígia puxa na memória. O cheiro quente de café permanece no ar.

Por hora, era sobreviver em Saudade.

V.

O fim da Saudade. Acompanhada por Lorenzo e Giuliana, Lígia adentra Saudade pelo extremo que marca os limites da vila. As pessoas cumprimentam Lorenzo com o misto de familiaridade e estranhamento reservado aos velhos vizinhos. Crescera junto de muitos, e os deixara. Lorenzo cruzara o limiar ao deixar a pequena comunidade italiana, distanciando-se de suas rotinas. Lígia pondera a vida das pessoas que acenam educadas para os três. Nascidos na terra, nunca se desviaram do seu cultivo. Tudo se resumia a Saudade. Isso a assustava, acostumada ao trânsito das estradas, à ponte entre duas cidades e ao movimento da capital.

Controla a respiração, sente-se ansiosa. Despediram-se, na porteira do sítio, de Giotto. Soturno, ele saíra a cavalo, rumo à casa de Lígia. A casa em que ela nascera e onde fora criada, embora não percebesse, até aquele momento, a força do vínculo. A casa que pensava ansiar deixar, rumo à vida a dois na metrópole. A casa que pensava ansiar deixar, rumo ao Rio. Parecia um desejo frágil, de quem apenas quer voltar ao ninho e encontrá-lo intacto. Giotto cumpria a promessa do pai. Ela o agradeceu com os olhos, e ele respondeu com um meio sorriso, antes de subir no cavalo.

Continuam o percurso, os três em silêncio. Sentiam já o peso da notícia que Giotto traria. Cada um a sentir a sua dose de expectativa, anseio e abandono. O fim da saudade. Desviaram-se das casas contínuas, em direção à igreja. Padre Cícero os receberia depois da missa. Chegavam atrasados, contudo, para o ritual. A igreja parece a Lígia mais impressionante do que realmente o era. O reflexo do sino, resplandecente ao sol firme, lustrando suas testas de suor fino. Passa a mão, maravilhada, nos tijolos. Não usufruía da imponência da Sé. Torres góticas e cúpulas eram inexistentes naquela capela. Tampouco exibia os vitrais da catedral da cidade ou os afrescos da igreja de Santa Tereza. Não eram os dotes arquitetônicos, era a aura do momento, o fulgor do instante, o fervor da prece.

Lorenzo se recusa a entrar. Não adiantavam os apelos da esposa ou os terços de Dona Maria. Todos os santos já o haviam abandonado. Não havia espaço para a fé.

Giuliana segue Lígia pelo portal de madeira, mas para na porta. A outra prossegue, aos passos mudos, sem chamar atenção. Estão em meio ao sermão. A voz grave de Padre Cícero ressoa forte. Era um veterano da igreja. Os cabelos tão brancos quanto a batina. Ela repara nos bancos, cheios, não há mais espaço. Não há espaço para forasteiros em Saudade, embora a saudade pertença aos forasteiros. Uma teia de aranha, esquecida, é urdida no último banco. A aranha tece em segredo, despercebida. O altar é simples, o que acentua a sua beleza. Ao centro, Jesus jaz, crucificado. Lígia não era religiosa, e nunca entendeu por que representar o sofrimento de Cristo. É ladeado por uma figura da Madonna e por Santo Isidoro Lavrador, padroeiro das plantações. Os objetos litúrgicos repousam, dourados, na mesa protegida pela toalha branca. Tudo reluz pureza. Ninguém a observa, é como um fantasma que transita na lateral da igreja. Apesar da voz forte, o padre fala sorrindo. Prega com convicção.

— Jesus, pois, vendo as multidões, subiu ao monte; e, tendo se assentado, aproximaram-se os seus discípulos, e ele se pôs a ensiná-los, dizendo: bem-aventurados os humildes de espírito, porque deles é o reino dos céus. Bem-aventurados os que choram, porque eles serão consolados. Bem-aventurados os mansos, porque eles herdarão a terra. Bem-aventurados os que têm fome e sede de justiça, porque eles serão fartos. Bem-aventurados os misericordiosos, porque eles alcançarão misericórdia. Bem-aventurados os limpos de coração, porque eles verão a Deus. Bem-aventurados os pacificadores, porque eles serão chamados filhos de Deus. Bem-aventurados os que são perseguidos por causa da justiça, porque deles é o reino dos céus. — Lígia nota certo tremor na voz do padre e sente-se tocada. — Bem-aventurados sois vós, quando vos injuriarem e perseguirem e, mentindo, disserem todo mal contra vós por minha causa. Alegrai-vos e exultai, porque é grande o vosso galardão nos céus; porque assim perseguiram aos profetas que foram antes de vós. Vós sois o sal da terra; mas, se o sal se tornar insípido, com que se há de restaurar-lhe o sabor? Para nada mais presta, senão para ser lançado fora, e ser pisado pelos homens. Vós sois a luz do mundo. Não se pode esconder uma cidade situada sobre um monte; — o padre faz uma pausa — nem os que acendem uma candeia a colocam debaixo do alqueire, mas no velador, e assim ilumina a todos que estão na casa. Por isso, povo de Saudade, seja bom. Que possamos aprender com o Evangelho de Mateus. Sejam bons — sorri, triste, e abaixa os olhos, as mãos ainda inquietas.

O ritual eucarístico. Lígia o lembra, memória recuperada da infância. Sente o gosto insípido da hóstia. É pecado mastigar, tem que esperar derreter, haviam dito. Ela flutua, invisível em meio ao sacramento, uma espectadora do ritual da comunhão.

— Na noite em que ia ser entregue, ele tomou o pão em suas mãos, elevou os olhos a vós, ó Pai, deu graças e o partiu, e deu a seus discípulos, dizendo: TOMAI, TODOS, E COMEI: ISTO É O MEU CORPO, QUE SERÁ ENTREGUE POR VÓS. Do mesmo modo, ao fim da ceia, ele tomou o cálice em suas mãos, deu graças novamente e o deu a seus discípulos, dizendo: TOMAI, TODOS, E BEBEI: ESTE É O CÁLICE DO MEU SANGUE, O SANGUE DA NOVA E ETERNA ALIANÇA, QUE SERÁ DERRAMADO POR VÓS E POR TODOS, PRA REMISSÃO DOS PECADOS. FAZEI ISTO EM MEMÓRIA DE MIM. Eis o mistério da fé! — O tintilar do pequeno sino é tocado por um homem jovem, túnica escura como um monge, olhos pretos. Coloca-se alguns passos respeitosos atrás do padre.

— Todas as vezes que comemos deste pão e bebemos deste cálice, anunciamos, Senhor, a vossa morte, enquanto esperamos a vossa vinda! — As pessoas de Saudade se colocam de joelhos, em prece. Como coreografia, enfileirados, recebem a hóstia e retornam, como se cada um conhecesse qual é o seu lugar. Lígia permanece anônima. De pé, observa as cabeças abaixadas.

Deseja gritar os pecados confessos, rogar por si, clamar pela família, cair de joelhos.

Resta em pé, impassível.

* * *

Após o fim da missa, os bancos se esvaziam. Cada um persegue o próprio pecado, esquecido para fora da capela. Esperavam que o pão e o vinho os salvassem, mas ainda sentem o peso das confissões nos ombros. Lorenzo, encostado nos tijolos da igreja, percebe a deixa. Entra, calmo, pelo corredor central. Faz um aceno respeitoso ao altar, que pode ser interpretado como uma prece própria.

— Damião — cumprimenta o homem de olhos pretos que, com a túnica igualmente negra, arruma os utensílios litúrgicos: cálice, âmbula, pátena, pala, galhetas, sacrário, ostensório, teca, tenta se lembrar dos nomes.

— Lorenzo, Padre Cícero o espera lá em cima. Acha melhor para que vocês conversem. É mais reservado. Giuliana — sorri para a moça, que devolve respeitosa. O olhar recai em Lígia, sibilino.
— Essa é a nossa situação?

— Naturalmente. E é melhor eu não dizer mais nada — sobe, rápido, ao encontro com Padre Cícero. A escada range.

Entre os toques nas peças da missa, Damião estuda, de soslaio, Giuliana e Lígia.

* * *

Padre Cícero não reluta. É arriscado, mas não há alternativa. Seja bom, repete. Então, diz a Lorenzo que vai procurar, vai arrumar um jeito de mandar a moça, Virgínia, para fora do país. A França seria uma boa pedida.

* * *

Damião interrompe. É hora de badalar o sino. Doze vezes, a igreja treme.

* * *

Lígia e Giuliana sobem a escada, discretas. Assistem ao sino tiritar, uma onda dourada. O cantar metálico soa prenúncio.

* * *

Lorenzo manda as duas para casa. Precisava acertar com Padre Cícero, não era assunto para moças. Lígia hesita.

— Alguma vez te decepcionei, ragazza? Confie — pede Lorenzo. O padre sorri, terno, uma doçura melancólica. Lígia tem vontade de chorar quando deixa a igreja, com Giuliana, silenciosa, ao seu lado.

* * *

— Padre Cícero é firme. A primeira vez que salvou um homem, tinha só nove anos. Quiseram linchar o homem, acusaram o maltrapilho de ter roubado uma venda na cidade. Mudaram de ideia, vieram com uma corda. Padre Cícero estava na rua, menino, assistia a tudo. Quiseram enforcar o homem. Amarraram a corda no pescoço e suspenderam numa árvore. Nessa hora, Padre Cícero... estranho chamar de padre um menino. Mas o menino que seria Padre Cícero correu e encostou no pé do homem. Não é que a corda estourou? Rompeu, rasgou, caiu. Foi considerado milagre. Mas podia ser só uma corda velha — Giuliana deu os ombros. — O homem era o pai dele. Tipo atrapalhado, que vivia sem emprego. Ele viu como milagre. Levou Padre Cícero, com uma pequena mala, para o seminário. Ele se ordenou, cresceu dentro da paróquia. Era o padre oficial da catedral da cidade. Foi convidado para São Paulo. Tinha fama na congregação. Andava pelas ruas do Centro, calmo, de batina, quando viu um tumulto. A polícia pegava todo mundo. Uma freira foi defender um pobre diabo. Foram para cima dela do mesmo jeito. Padre Cícero não podia permitir. Não respeitaram a batina. Levou um golpe. Quando acordou, estava no cárcere. A diocese se movimentou para tirá-lo de lá. Ele se negou. Disse que, enquanto todos os homens não fossem soltos, ele também não seria. Foi o último a sair. Até hoje pragueja contra Getúlio. Contra a política, contra o Brasil, agora contra os militares. Depois, pede perdão a Deus. Desde então, ele tem os seus trabalhos. Uma parte do alto escalão da Igreja se incomoda com ele. Perdeu a paróquia de São Paulo. Depois, a catedral da cidade. Veio para Saudade. Como eu disse, ele tem os seus trabalhos. Como você. Damião é mais complicado. Ele é meu amigo. Talvez o único. Não sei se Adriana conta. E não sei se você pode ser chamada de amiga — olha de canto, procura ver a reação de Lígia. — Damião conversa comigo. Ele também já viu muita coisa. É filho de mãe viúva. Morava pelas bandas atrás de Saudade, perto dos Berto. O pai morreu antes de ele nascer. Nasceu doente, coitado. Achavam que não ia vingar. Ele deve ter a idade do Giotto. Ficou doente, doente. Já estava azul. A mãe chamou os Berto, mas não foram de grande ajuda. Você viu bem, os dois são doidos da guerra. Naquela época, mais ainda. A minha família também foi. Todo mundo crente de que o menino já estava morto. Mas não a mãe. Ela ajoelhou e agarrou a rezar. Pai-nossos, ave-marias. Não é que ele foi ganhando cor? A minha mãe conta. O pai gosta de teimar. A única cicatriz que a morte deixou no Damião são aqueles olhos pretos. O fato é que sobreviveu, e a mãe prometeu que, se ele vingasse, seria padre. Está feita a história. Logo depois, Padre Cícero chegou e o ensinou desde menino. Ainda não fez os votos. Não sei até onde vai a vontade dele de se ordenar. Ele foge do assunto. Em breve, vai partir para o seminário. — O tom de voz torna-se triste. — E aí eu vou ficar sozinha outra vez. Damião faz os arranjos de Padre Cícero. Viaja para São Paulo, Rio, Minas, por todos aqueles que, como diz o padre, "sofrem as injustiças". Uma figura, o Padre Cícero. Digo mais, se não fosse por isso, acho que o Damião largava a igreja. No fundo, ele apenas... Ele tem uma causa.

As palavras de Giuliana distraíam Lígia, tornam mais suportável a espera do percurso. Estava para dizer que sim, que poderia considerá-la amiga. Queria pegar sua mão e contar histórias das pessoas que conhecia, oferecer a ela um vislumbre da sua vida antes de Saudade. Mas o intento se frustrou tão rápido quanto surgiu, pois, na entrada do sítio, encontraram Giotto, os olhos de casa vazia.

VI.

A crônica da casa vazia. O que era a casa sem os seus habitantes? Duas sílabas sem significados. Amontoado de paredes ordenadas em labirinto. O silêncio que ecoa. Portão violado, remendado por correntes e um grosso cadeado, como se ocultassem as marcas de que a rotina fora perturbada. A janela em cerrar perpétuo. Todos os cômodos na escuridão da claustrofobia. Repassava as imagens pela voz encorpada de Giotto. Ele esperou. Checou o estado da residência. Bateu palmas no portão do vizinho ao lado. Uma dona de casa, avental, bobes no cabelo, o atendeu, enquanto enxugava as mãos no pano de prato. Animou-se diante do belo rapaz, delineou o sorriso e arrumou os cabelos (esqueceu que estavam com bobes). Perguntou sobre a casa vazia. A vizinha hesita, se sobressai. Conta a ele da — procura palavras — "operação". Levaram todos. Uns viram, espiaram pelas frestas, pelas rachaduras, pelas janelas das próprias casas; outros comentaram, alguns ouviram. Diziam que eram subversivos, a palavra proibida. O homem com certeza era comunista. Arrepende-se. Olha bem para Giotto, desconfiada. E se ele fosse da polícia? Ou pior, um comunista. Um homem bonito daqueles para desvirtuar as boas senhoras, distraí-las dos afazeres diários, de sua missão como respeitáveis esposas, e fazê-las soltar informações que se deve esquecer. Pede licença. Dá uma última encarada em Giotto e pergunta o que ele queria com o povo daquela casa, acentua o desdém, como se os vizinhos, agora que perseguidos, fossem seres repugnantes, que contaminariam toda a rua. Vende tomates, ele respondeu. Eram clientes assíduos. Ela então se afasta, disse que o confundira com o noivo de Lígia, e entra na casa. Giotto ainda espera por algum sinal. Alguma perturbação na solidão muda da casa. Sobe no cavalo e vai embora. Estava na esquina quando a mulher gritou para que esperasse. Precisava comprar tomates. Como quem não escuta, ele parte. Lígia repassa em seus dias a crônica da casa vazia.

Quando a ouvira pela primeira vez, caíra, por dentro, num choro profundo. Invisível aos que a rondavam. Permaneceu impassível, pálida. Temiam que tivesse, outra vez, entrado em choque. A expressão fleumática denunciava a melancolia. O abismo profundo que se abrira para ela. Procurava nos olhos da família a sua própria família perdida. Quando Lorenzo chegou e relataram o estado de Lígia (está que parece uma abobada, descreveu Dona Maria), afoito, tomou providências. Pediu para Tereza preparar um suco de maracujá. Mas não havia maracujás no sítio. Apressou-se em pedir para Tommaso ir buscar o fruto na mercearia, e que cuidasse para pagar um preço justo, advertiu. A mulher, contudo, argumentou que a moça estava excessivamente pacífica, poderiam causar-lhe uma letargia desnecessária. Desconheciam o redemoinho de abatimento que rodava no estômago de Lígia, pois, afinal, quando o coração já se cansa, sentimos com o estômago. Decidiram então que precisava de um estimulante que a retirasse daquele estado. Lorenzo a fez tomar vinho, licor de jaboticaba e até mesmo uma dose de pinga. Arrancaram apenas uma lágrima, que pode vir tanto de olhos fatigados quanto de olhos tristes. Tonta, foi levada por Giuliana até a casa de banho. Lá, enquanto a outra a amparava, pôde finalmente soltar as lágrimas em cascata, misturadas à água fria. Giuliana não diria nada. Estava ali, e em terra estranha, isso é suficiente. Ajudou-a a se deitar, nua como estava. Antes de sair, segurou sua mão, ato que pareceu mais demorado do que realmente foi. Em terra estrangeira, isso era mais do que suficiente.

Enquanto abre os olhos no colchão de palha, enquanto esquenta a água, enquanto deixa a água escorrer pelo corpo, enquanto prova a comida preparada por Tereza, enquanto o gato Roque, que antes a mirava com suspeitas, se enrola a seus pés, enquanto repousa na estampa ao lado de Giuliana, conversas banais enquanto estuda os tomates vermelhos, enquanto desvenda os mistérios de Giuliana, mais agudos quando calada, enquanto se prepara para dormir, quando fecha os olhos, nos sonhos insípidos e nos sonhos proibidos, no despertar. "O gato é mesmo o animal mais espero do mundo. Sempre sabe quando fugir", constata sem emoção, quando Roque sai em disparada para dentro da casa, após ouvir o latido de um cão vizinho. "É também o mais infeliz." Sempre a crônica da casa vazia.

* * *

A fuga era iminente. Quanto tempo? Quantos eram os tempos da fuga? Assustava-a a concretude, a proximidade da partida. A primeira fuga sucede todas as outras. O peso das fugas que antecedem desaba, cai sobre os ombros. Respinga os afetos: a cidade, os planos de estudar, a atividade no Casarão, o noivado, Ângela, a família. As fugas impensáveis: a capital, o estado, o Brasil. Infinitivo: ir, partir, deixar. Subjuntivo: iria, partiria, deixaria? A arquitetura da nova vida. Fuga dos planos traçados. Traços tortuosos do porvir. Expatriada, sem família, que restava?

Carlos e Ângela. Que seriam? Lembra as pequenas inquietações de outrora, banais. As artimanhas dos ciúmes. Quando julgava notar uma faísca entre Carlos e Ângela. Fósforo riscado, que ela julgava ter apagado. A chama ardia no ímpar do trio. Que seria agora do trio menos uma? A flama resistiria, se liquidaria de vez? A ideia do par era uma dor violenta. Um trio menos um é um casal. Não pode suportar. Precisa desligar-se, fechar os olhos, deixar os rastros em algum canto abstrato, inacessível, de lembranças agudas. Viver com a dor crônica do abandono. Giuliana, os Vitale, um outro tempo da fuga. Em tempos de fuga, nem a saudade resta.

* * *

Debaixo da estampa, Lígia contempla o tecido. Esmiuça as manchas azuis pastéis como quem admira a abóbada, o firmamento, o desenho das nuvens. O céu particular que dividia com Giuliana. Às vezes, em dias específicos, Adriana Silva se colocava junto delas, mas pouco adicionava às longas discussões, preferia as fotonovelas, ou a companhia de Giotto, com quem trocava sussurros e risos furtivos.

— Que tanto conversam?

— Adriana é apaixonada por Giotto. Sempre foi.

— Não me parece que seja isso. Tramam algo.

— Fugir. Mentira, não leve a sério. Giotto nunca deixaria essa terra — percebe o desconforto de Lígia, a ponta de mágoa de quem se vê forçada a abandonar o próprio país. Sente a sua dose de mágoa ao pensar na imediação da partida de Lígia. Estaria, mais uma vez, só na saudade, imersa na solidão. Resolve mudar de assunto, por ela e por si. — Fumava, Lígia? É tão maduro. Glamuroso. As mulheres nos filmes, todas de pantalonas, olhos escuros, Ray-Ban, lenço nos cabelos. E o cigarro nas mãos.

— Fumava às vezes. Com o meu noivo ou com a Ângela — se tornaram soturnas, como sempre ocorria quando mencionavam os personagens do passado de Lígia. O noivo e a amiga, só falava nos dois. A família rodopiava na interioridade da dor. Lígia hesitava em pintar um retrato mais vívido, queria manter a intimidade interrompida apenas para si. Era cindida em dois tempos: o de antes e o de agora, sob a estampa, com Giuliana. Temia o terceiro tempo, o depois. Guardava as memórias na bagagem sorrateira e as emudecia. Giuliana hesitava em perguntar, apesar das frequentes indagações sobre São Paulo e a boemia da capital. Era migrante em sua terra natal, Lígia ponderava. Uma metropolitana presa ao campo. Encerravam o diálogo com um sorriso fraco, compartilhado.

O passado de Giuliana era mais simples, e por isso, mais concreto. Rendia mais prosa. Para ela, contudo, era repleto de glória. O tempo de outrora, quando ainda não tinha consciência de que o mundo se estendia para muito além de Saudade. Da cidade. Até mesmo da São Paulo que nunca conhecera. Lígia era símbolo da vida que almejava, estandarte de seus desejos oblíquos, dos planos em suspenso. Desde sua chegada, sempre que pensava em São Paulo, pensaria em Lígia. A cidade se confundiria com o nome, as ruas de nomes desconhecidos confluíam nas ruas sobre as quais ela lhe falava, as ruas em que experimentara a juventude negada a Giuliana.

Contava para Lígia de Luís, o primeiro perseguido pelo regime (buscou as melhores palavras pois temia ofender Lígia) hospedado pelos Vitale. Era quieto, soturno, tímido. Acusado de explodir uma agência do Banco do Brasil. Carioca de nascença. Pronunciava as palavras chiadas. Elas pouco agradavam Giuliana, que logo deixou de ter interesse em Luís. Estava a salvo na França, esperavam. Partira, levado até o navio por um conhecido de Padre Cícero, trabalhador da diocese. As despedidas foram poucas, secas, não causaram comoção. Falava, como se pressentisse que a despedida de Lígia seria o oposto. O segundo era Jaime. Acreditavam que, pouco a pouco, perdia o juízo. Era estudante da USP e membro do diretório acadêmico. Assistira a todos os amigos caírem. Por sorte, era ágil. Buscou refúgio na igreja, uma capela, no centro da capital. No meio do turbilhão, entre o trotar de cavalos e bombas explodindo, um homem restava, ajoelhado, a rezar. Sacerdote, de batina. Colocara-se também de joelhos. Era ateu e comunista, mas estava cansado. "Padre, eu vou morrer." Fora o único manifestante a se refugiar na igreja, a buscar ajuda e abrigo, o que apiedou o padre. Levou-o para a cidade sob a proteção de Padre Cícero, escondido no ônibus da diocese. Estava na lista de procurados, era um famoso integrante do movimento estudantil. Só havia um jeito de salvá-lo. "Ele sim, era interessante, vivido, experiente." Mas o rapaz ia perdendo os miolos. "E acabou com eles estourados", lamentou Giuliana.

Remontava a um tempo anterior. Quando criança, passou a infância debaixo da estampa. "Percebe como é decepcionante passar a vida toda debaixo de um céu falso?", perguntou a Ligia. Nunca se queimava no sol. "Sempre havia a estampa." Gozara da companhia de Giotto e Tommaso. Mas, curto como era o espaço dos anos, eles logo se tornaram homens e a deixaram sozinha na clausura do feminino. Na época, plantavam algodão. É um cultivo espinhoso, assim como o café, explicava. Por isso, Lorenzo preferia os límpidos tomates. São plantas misteriosas, o café e o algodão. Apesar de todo o afeto, a dedicação diária, teimam em machucar, em mostrar os seus espinhos. "Assim como você", brincou. "Como eu também. Somos iguais."

— Brincávamos de caçar lebres. Nós as perseguimos, sonhávamos em agarrá-las pelas orelhas compridas. Mas sempre foram mais velozes que a gente. Mais espertas também. — Viver em Saudade é como perseguir lebres.

* * *

Terra vermelha. Era tudo que se estendia pela planície na primeira vez em que Lígia trabalhou nas lavouras. Grãos e grãos de terra vermelha espalham-se pelo chão, um tapete rubro. Giotto e Tommaso saíram, na Rural, para entregar tomates. Ela, Giuliana e Adriana assumiram a labuta. Passaram panos brancos para Lígia, espessos, ásperos. Uma luva grossa. Ensinaram-na a cobrir braços e busto. Depois, ocultaram o rosto, de modo a deixar apenas os olhos visíveis. "Mesmo sem a estampa, é assim que nunca me queimo ao sol" explicou Giuliana. Mascaradas, eram três múmias.

Voltaram a atenção para os cafezais. Giuliana estava certa, o café era espinhoso. Cuidavam dos frutos avermelhados, movimentavam--se pela terra igualmente carmim. Mantinham-se sempre próximas. Riam a se contemplar com os panos, tampando a pele. A mão de Lígia, inicialmente rígida, tornava-se habilidosa, mestre entre as folhas. Não resistia. Deixou os sapatos, sentia entre os dedos os punhados de terra, arenosos. E riam. Olhavam-se, as mãos nos frutos, os pés na terra. A garoa veio leve. Uma brisa serena corta o calor efervescente de Saudade. Riem ainda, mas para Lígia e Giuliana o riso acompanha lágrimas finas, tênues, vindas não se sabe de onde, não se sabe por quê.

Uma felicidade efêmera atravessa as doses de melancolia, sempre duradouras. Arrebatadora, ela invade o peito e faz o riso surgir, ao mesmo tempo, frouxo e decidido, no olhar de Lígia. A comunhão que só uma vez sentira, ao atirar com Ângela no Casarão, envolta de camaradagem, a sensação de pertencimento, estava de volta. Tudo isso começara com as mãos no café, os pés na terra e a chuva escorrida. Era comoção para mover um país. Atirou-se nos braços de Giuliana e a abraçou, como nunca abraçara ninguém. Encontrou a alegria do trabalho, um pingo de felicidade no campo. A terra torna-se lama nos pés. Mancha as saias. Embebida na lama, abraça quem lhe estendeu a mão. Em terra estranha, já se sabe. A chuva cai mais espessa. Saem correndo, as três. O som de riso corta Saudade.

* * *

Estão a caminho de Saudade, até mesmo D. Maria, que anda com dificuldades, apoiada em Tommaso. Infeliz com a tarefa de guiar a avó, o rapaz tem uma expressão mal-humorada. Ela aperta os bíceps, reclama que ele é franzino, que os homens na sua época eram mais encorpados.

— Ficaremos todos esqueléticos. Logo a guerra vai chegar, vai sim. Eu sinto, o cheiro, esse cheiro de morte. Da próxima guerra — exalta-se Alberto, que também caminha lento. — Ouçam! Nós precisamos estocar comida. Temos que começar em breve, devemos, sim. Como com aquele explorador do Moretti? Italiano maldito. Como vamos estocar comida assim?

— Pois a comida já está toda estocada na barriga do teu irmão, não vê? — rebate D. Maria. — Dificilmente ele ficará esquelético, impossível.

— E você preferiu casar com o beberrão do seu marido do que com ele, por isso passou fome.

— Não falem de meu marido — estava ofendida.

— Maldito armazém! Eu vou pegar todos eles, esses italianos safados. Já os liquidei uma vez e posso ganhar mais uma! Lá está ele, o maldito armazém! — o velho se precipita, entre trancos, em direção à mercearia. Os passos trêmulos fazem subir a terra da estreita estrada. Eles o seguem, tensos, embora facilmente pudessem alcançá-lo. No fundo, todos queriam dizer umas boas palavras aos Moretti, e apenas Alberto, por sua falta de juízo, era autorizado. Lígia repara na placa, levemente desbotada na madeira, antes de entrar. As prateleiras atrás do balcão eram de um verde claro. Na bancada, vários licores e pingas em jarras altas. Um baleiro. Atrás, os mais variados itens. Havia apenas duas mesas, poucas cadeiras. Estantes castanhas continham os alimentos básicos.

Param todos, como procissão, à porta. Apenas Alberto, aos gritos, sem fôlego, cruza a soleira.

— Absurdo! Os preços desse armazém são um ultraje. Vocês se acham donos desse lugar, só o que sabem é explorar essas pessoas. Um ultraje. Se as coisas eram assim lá no seu país, pois fique sabendo que aqui no Brasil... — Brasil. O Brasil que em breve Lígia deixaria. Saudade era diferente. Como se fosse uma ilha deslocada do país. Saudade era e não era do Brasil. O Brasil era e não era Saudade. O rosto dos poucos fregueses da mercearia era sofrido, mas ninguém se manifesta, continuam seus afazeres entre olhares de canto. A vila já foi próspera. O declínio do café e a decadência de seus produtores derrubou a economia. O sisal era febre passageira. Hoje, eram poucos ricos e muitos pobres. Se apoiavam, silenciosamente, nas palavras de Alberto.

— Lorenzo, por favor, retire o velhote. Tá atrapalhando o movimento — aponta os raros fregueses. Percebe a presença intrusa de Lígia. — Quem é a moça? — Lorenzo responde, aturdido, que é uma sobrinha distante de Tereza. O nome? Vita, ela se apressa em responder. Teme ser desmentida. — É uma bela moça, Vita. Belo nome também.

De olhar duro, o homem limpa as mãos, divertindo-se, e brinca com um bolo de dinheiro, a passar a mão entre os cruzeiros. — Um minuto. — Abre o caixa, retira um punhado de cédulas de Cruzeiros Novos, que deixaram de ser válidas no ano anterior. — Tome. Fique para você — estende a mão para Alberto. — É preciso tratar bem os mais velhos. — Francesco Moretti ri. Ao seu lado, a mulher acena para Lorenzo, embaraçada. Pede desculpas com os olhos.

* * *

— É a tia Carlota. Irmã caçula do pai. Dizem que era muito bonita quando moça. Chamou atenção do filho do Moretti — explica Giuliana enquanto continuam, em direção ao encontro com Padre Cícero. Ela torce o nariz, como se fosse difícil acreditar na beleza de outrora da tia, ou na paixão entre ela e Moretti. — Papai teria ido contra. Mas já tinha fugido para casar com a mãe. Enfim, ela se casou com a benção do meu avô e dos outros irmãos. É infeliz. Claro, meu ideal de casamento é minha mãe e meu pai, que dividem até mesmo a escova de dentes, mas é óbvio que ela é infeliz. Francesco frequenta lugares inadequados, sabe do que digo? — encabula-se, em uma rara demonstração de vergonha. — É convidado dos militares. Tem boa relação com os homens da Aviação.

A chuva continua, fraca, fora do centro de convenções. A música escapa às paredes de tijolos, um festejo alegre. Saudade era apartada do cinza das cidades. Lá, podia se fazer festa. Uma música típica enchia os ouvidos. Tommaso pegou garrafas de Coca, de vidro, para a irmã e Lígia. Era uma comemoração santa, em homenagem a um dos muitos padroeiros católicos, embora mal se soubesse qual. Entretanto, logo as gasosas foram substituídas por copos largos com vinho tinto, um tanto fermentado demais para o gosto de Lígia.

— Controle-se, logo falaremos com Padre Cícero — repreende Giuliana, que já tinha o riso frouxo.

— Ele é padre. Bebe do sangue de Cristo mais do que nós.

Damião, a túnica escura, restava parado no canto. Observava com interesse as interações. Devia ser solitário, a iminência da batina cortava as possibilidades de afeto, assim como a iminência da fuga as esfacelava para Lígia. Giotto dançava colado com Adriana. Observaram como o riso, entre eles, era íntimo. Estão apaixonados, lembrou as palavras de Giuliana. Algum dia dançara assim com Carlos, nesse estupor de intimidade e êxtase? É interrompida em seus devaneios.

— Eu não vou aceitar isso. Não sou obrigado a aceitar isso — Lorenzo cochichava, nervoso, para a mulher. Giuliana e Lígia ouviam, em silêncio.

— Ora, Lorenzo, qual o problema se os dois se gostam? É uma boa moça. Além do mais, o pai dela é seu amigo, homem de confiança, ficaria chateado de te ouvir falar desse jeito. É a filha do Silva, lembre-se.

— Mas isso não tem nada com o Silva. É uma boa moça, sim. Mas é avançadinha demais, como diz a tua mãe. Dizem pela vila que ela é... moderninha. Entende? Entende o que digo?

— Se Giotto gosta dela, não vejo problemas. É uma moça religiosa, trabalhadora.

— Eu vi bem como é religiosa. Os dois de papinhos, risinhos. Quando ele chegou e desceu do carro, ela veio toda pra cima dele. Um beijo na bochecha. Isso vai dar problemas, Tereza. Isso vai dar problemas.

Lorenzo sai, bate as botas contra o assoalho. Suspira alto. Giuliana volta-se para Lígia.

— O pai deve te achar também uma avançadinha — riem alto.

Padre Cícero aparece, afoito. Lorenzo, Giuliana e Lígia o acompanham até uma mesa solitária. Damião junta-se a eles, a expressão perpétua de desgosto.

— A situação é crítica. Estão interceptando os brasileiros marcados que estão indo para a Europa. Temos que ser ainda mais cuidadosos. Não será uma viagem fácil, minha filha, se prepare. Em breve, estará fora do Brasil. Uma última coisa, qual o teu sobrenome? Eu vou tentar saber da sua família. — Ela sussurra o sobrenome. Um homem os observa fixamente, interessado. Francesco Moretti. Giuliana oferece a Lígia o seu próprio copo, o vinho tinto como sangue.

* * *

Cambaleia para fora, um tanto embebida pelo álcool. D. Pedro, quando morreu, ouvira das freiras nos tempos de escola, D. Pedro II, que morreu longe de sua pátria amada, Brasil, foi enterrado com um punhado de terra. Deveria levar um tanto de terra? Ajoelha-se, as mãos no arenoso vermelho, em busca do mesmo sentimento que estourou o peito na manhã. O pertencimento tácito. Apenas pó. Escuta uma movimentação próxima na árvore. Segue os rastros dos galhos carcomidos. No lusco-fusco crepuscular, um casal se agarra. Eles se seguram como se temessem escapar um do outro. Lígia reconheceu Adriana. Do homem nada se via. Decidiu ser guardiã do segredo, e retornou para o centro. Já conseguira o ar que tanto precisava.

* * *

Rodopiavam como pássaros. O riso vinha frouxo. Abandonaram o festejo para algum santo e escapuliram para a fazenda, trazendo junto uma garrafa de conhaque. Passavam uma para a outra, sucediam-se nos goles fartos, de forma alternada, enquanto a outra ria. Gritavam palavras sem sentido. "Cuba libre!" "Saudade dos infernos!" "Um brinde à Dona Maria!" Pouco se preocupavam se eram ouvidas. Sabiam que tinha uma à outra para escutar, e isso basta. Giravam bêbadas, corriam entre os cafezais como crianças. Havia, enfim, uma leveza no ar de chumbo. Encontraram, naquele dia, um equilíbrio tácito. A gota de júbilo em meio ao mar de melancolia. E o riso vinha frouxo. Lágrimas se ocultavam, escondidas no som dos risos. A proximidade da partida as assustava, interrompia a onda de euforia, o sentimento que batia desordenado no peito. Compartilharam um suspiro secreto quando Padre Cícero confirmou a data. Mas ela se aproximava ainda, vinha mais vagarosa, e puxava a ansiedade da despedida. Não suficiente, tinha a vida de antes. Para Giuliana, a âncora que teimava em arrastá-la para o oceano de solidão. Para Lígia, os afetos deixados para trás. Para sobreviver, ela precisava deixá-los. Não aguenta a cisão de viver em dois tempos. Fez um gesto para Giuliana, indicou que em breve voltaria. Ela precisava, pois as memórias das perdas dolorosas a apunhalavam assim que abria os olhos. Ela precisava, pois, sempre que agora pensava nas mulheres, pensava em Ângela e Giuliana. Pois as conversas com Ângela, as palavras trocadas em carta, escritas, colocadas em caligrafia, se traduziam nas palavras ditas pela voz de Giuliana. Ela precisava se desligar. Um hiato. Para fuga, não há retorno à vista. Mas, poderia deixar aos pouquinhos, pedaço por pedaço, para doer menos. Retornou com o envelope. A carta, o segredo de uma vida que não se concretizou, mapa para destino nunca alcançado, rota desviada. De dentro do envelope, retirou uma foto. Uma mulher bonita. Moderna, cabelos escuros e olhos verdes. Vestia vermelho, que combinava com o rouge da boca. Lígia primeiro puxou o anel para fora do dedo. Uma aliança de noivado, simples. Mirou os cafezais. Atirou. Giuliana assistia impassível, estupefata. Não a impediria. Então, sacou o isqueiro prateado, escondido. "Peguei do Silva." Queimou a foto, devagar, assistiu às chamas consumirem o rosto da mulher. "Isso a Adriana conseguiu, é para você", entregou o cigarro, solto, menos glamouroso do que nas novelas. Giuliana não o acendeu. Lígia saiu, deu as costas, a carta em mãos. Assovio atrai os mortos, se lembra de ter ouvido. Sopra alto, três vezes, o som agudo dos lábios. Nenhuma resposta, apenas o vento. Sabia que, uma hora, as cinzas chegariam até ela.

* * *

Assim como na canção, o tempo rodou num instante. Às voltas com o coração, Lígia bateu no quarto de Giuliana. Duas batidas. Entrou após o convite silencioso. Sem hesitação, não escondeu nada. Da vida de antes, contou tudo.

VII.

Era outra vez o tempo. O rio que corta Saudade não tem nome. Estreito, desce de um rochedo, em declive. Curso calmo, sinuoso. Como todos os rios que cortam as saudades, às vezes era tempestuoso. Num desses dias, Lígia conheceu o bramido das águas. Já não pensava mais em atirar-se, devaneio intruso que operava as noites de tortura, quando o rio não era imagem, apenas um chiado distante. Apreciou o azul acinzentado do fiume. Soube dar as costas ao ímpeto de juntar-se à profundeza secreta.

A chuva caía tácita sobre as plantações. Planícies eram inundadas nos dias de tempestade. Mas, na maioria dos dias, era uma garoa cruzada, das que fustigam o rosto dos trabalhadores em labuta nas lavouras. Os campos eram mais verdes do que nunca, vivacidade conferida pelo chuvisco. Nesses dias, era impossível ficar sob a estampa. Quando o céu era cinzento, as mulheres restavam em ficar cada uma absorta em suas tribulações.

Mais uma vez, o tempo. Perceberam que o gato Roque estava morto assim que o viram estirado na sala. Era o triste fim do animal mais esperto do mundo. Dona Maria culpou os ventos de morte que Lígia trouxe, olhou de canto, desconfiada, para a moça. Era apenas implicância, tratava a menina como tratava os netos. Preocupava-se com seu bem-estar, mandava a filha colocar mais comida no prato da forasteira, já tão familiar. Quando a via quieta, compenetrada na angústia, não deixava de soltar insultos para distraí-la de atribulações maiores. Amor de avó.

A ânsia da viagem explodia no corpo de Lígia. Começava no estômago, subia ao peito até terminar na garganta. Lágrimas não choradas se perdiam nos olhos, a inquietação pelo que teria acontecido com a família, desespero que nunca adormece. Assovia toda noite, sem resposta. Mais uma ânsia, Adriana não controlava os enjoos. Lígia e Giuliana eram as únicas que sabiam. Prometeram guardar segredo.

O novelo de lã que Roque esquadrinhava e arrojava pela casa permaneceu no canto, abandonado. O fio se desmanchava, linear. O tempo. Laços que se atam e desatam. Em tempos de fuga, eram sempre fugazes, rápidos e curtos por demais. O fim do animal mais infeliz do mundo. A efemeridade é a condição, e o rompimento, o destino.

* * *

— Vender a safra? Não, Lorenzo. É preciso estocar. O seu café vai valer muitos cruzeiros durante a guerra — Alberto bebia goles esparsos de vinho.

— Está muito difícil ultimamente. O café só vale se vier das grandes empresas. Ninguém mais compra produção local — ignora os devaneios bélicos de Alberto, enquanto torce o nariz.

— E os tomates? — Roberto encara Alberto com desgosto. — Estou farto de ter que sustentar o inútil do meu irmão. Eu também estou velho. O café não é para gente cansada.

— Apenas os restaurantes da cidade compram os tomates. A maioria é de filhos de gente de Saudade. Morar no sítio já não dá bons frutos.

— Eu avisei vocês todos. Deveríamos ter ido para a cidade. O que mais tem são fábricas para trabalhar. Tecido, botões. Você devia mandar esses meninões todos para as indústrias, Lorenzo. — Dona Maria, que parecia cochilar, abre os olhos e avalia os netos.

— Somos gente da terra, Dona Maria.

— Não foi o desvalido do seu marido que não conseguiu emprego em nenhuma fábrica?

— Eram outros tempos.

— Pois, se tivesse se casado com o meu irmão...

— Não comece, Alberto. Sabe que não fui noiva do seu irmão coisa nenhuma. Pare de se enganar — levanta, com ímpeto não característico na velhice. — Dão licença, eu não me sinto bem. — Bate a porta do quarto.

* * *

O homem entra sem pedir licenças.

— Lorenzo? Vim ver uns tomates. Avaliar para a venda — Francesco Moretti estava parado na porteira, confortável, como se o sítio lhe pertencesse.

— Lamento, Francesco. A próxima remessa já está toda reservada. — O movimento do queixo para baixo era característico da mentira. Retesou os ombros, a presença de Francesco os ameaçava.

— Uma pena. Estão suculentos, ao que parece. Bem vermelhos. Se importa de me mostrar? — aponta na direção dos tomateiros. — Ah, aí está a sua bela sobrinha misteriosa. Olá, Vita.

Lígia o cumprimenta com um aceno. Esconde as mãos trêmulas embaixo da mesa. Sem alternativas, Lorenzo segue Francesco.

— O que o seu marido pensa? Receber esse obtuso? — Alberto se agita. — Italiano figlio de puttana! Eu vou embora — sai, apressado. Aperta o passo, decidido a não se aproximar de Moretti.

— Perdoe o meu irmão, Tereza. Estava tudo ótimo, obrigada — Roberto sai veloz atrás. — Alberto, espere. Você vai cair sem a sua bengala.

— Só sei que, a partir de amanhã, o portão do sítio fica fechado — Tereza começa a tirar a mesa. Francesco lança um olhar pela janela. Lígia se percebe fulminada.

* * *

Terminado o vinho e limpas as taças, Lígia pede licença para Dona Maria. Entre, mas não demore, resmunga a velha.

— Eu só vim ver se a senhora está bem.

— Muitíssimo.

— A senhora pareceu chateada na mesa.

— Está esperando que eu te fale para parar de me chamar de senhora, não é?

— Não, senhora.

— Ótimo. Respeito é bom.

Lígia faz menção de se retirar, mas Dona Maria pede para que ela fique.

— Eu apenas estou cansada. Estou velha para lidar com certas coisas. Essa papagaiada toda que é o passado. É sempre repetição, igual papagaio. Um papagaio gago — balança a cabeça com desgosto.

— O noivado com o seu Roberto? — Lígia remexe os pés, estava curiosa com a história desde o susto com a aparição de Alberto, semanas atrás.

A velha gesticula efusiva:

— Pataquada! Eu não fui noiva do Roberto. Ele sempre foi desastrado. Não, dele eu nunca gostei. Você já adivinhou, certo? Bem vi que era uma menina cheia de artimanhas. Muito espertinha. A Giuliana também desconfia. Tereza é devagar, coitada. E os homens são cegos para essas questões. — Toma um gole farto do copo da água que repousa na cômoda ao lado da cama. — Era o Alberto o tempo todo. Nenhum dos dois era muito bom da cabeça, acho. Eu fiquei grávida. Ele tinha ido embora. Não dava muito certo, brigávamos muito. Ele foi embora, queria entrar para a polícia de Getúlio Vargas. Logo ele, que se decepcionaria tanto com o Getúlio. Eu estava grávida, não sabia o que fazer. Fugi de noite e bati na casa dele, à procura do Roberto. Pedi notícias do irmão e que, se ele falasse com ele, que pedisse para voltar, era importante. Mas eu era uma moça solteira, no escuro da noite, com um homem solteiro. Sozinhos. A notícia chegou até o meu pai. Ele queria obrigar o Roberto a se casar comigo. Eu não podia, não com o Roberto. Logo precisaria me casar, a barriga apareceria. Aceitei o Maurício. Na época, era um lavrador simples. Apreciava uma boa pinga, mas não era um bêbado. Depois... — olha para baixo, como quem confessa um pecado. — Fui muito infeliz com ele. Alberto voltou estranho da capital, quis deixar a polícia. Veja bem, ele não é um torturador. Desconfiamos de que viu coisas que o atormentaram. Ainda não tinha perdido a fé em Getúlio. Quando soube que quase fiquei noiva do irmão, ele não aguentou. Nunca mais falou comigo. Convivíamos, mas só voltou a me dirigir a palavra quando eu já era viúva. Nunca perdoou que me casei. Quando a filha ainda era criança, se alistou e foi para a Europa. Voltou maluco, e esse foi o fim.

— Ele nunca soube sobre Tereza? — Lígia afagava as mãos, aturdida com a revelação.

— Ele nunca se afastou de nós todos esses anos. Isso é o máximo que sei. Está aí a resposta — levantou a palma da mão. — Ai de você se falar algum piu sobre isso, menina. Juro para todo mundo que você perdeu os juízos igual aquele outro para quem Lorenzo deu pouso.

— Nunca. Prometo. Mas, Dona Maria, por que me contou isso?

— Porque estou velha. Quero morrer com meus pecados confessados. Tem segredos que não são para padres, são para fugitivos. E você está indo embora.

Lígia se levanta, já está com a mão na maçaneta.

— Dona Maria, você o ama?

— Amava. Depois veio o tempo. E a guerra — passa as mãos no rosto, pensativa. — Melhor, conte para a Giuliana. Tudo. Alguém da família precisa saber. E ela também não ficará aqui, de qualquer modo.

As palavras de Dona Maria ainda ressoam para Lígia quando ela as repete, como se lembra, para Giuliana, no silêncio das horas mudas. Como o novelo do gato Roque desata, o laço entre as duas aperta a cada noite, também obra do tempo. Ao final, vamos comigo, Lígia quer pedir, sua vida não é em Saudade. Mas resta calada, observando o feixe de luz trêmulo que atravessa a janela.

VIII.

A partida agoniza Lígia. Não precisa ser uma despedida, Giuliana quer ir junto. Por alguma razão oculta, não verbaliza o desejo. Contudo, era explícito. Lígia sabia. Não a convidara, tampouco fizera qualquer menção à possibilidade de Giuliana acompanhá-la. Ter a companhia de Giuliana significa abandonar, em definitivo, a vida de antes. Seria negar a possibilidade do encontro, afastar os fantasmas. Teria que admitir a incapacidade de acessar um tempo perdido. Temia o momento da decisão. Sabia que, quando se demora, o acaso se ocupa de escolher.

* * *

— Não posso ir para a Argentina — Lígia anda inquieta pela sacristia. — O senhor não sabe?

— Não sei o que, minha filha?

— A Argentina é tão ditadura quanto o Brasil.

— Filha, não tem jeito — Padre Cícero cruzava as mãos, em tom conciliador. Acabara de informar Lígia que ela deveria rumar para a Argentina de Lanusse.

— Quem manda naquele país são os militares.

— Eu sei. Mas é tudo que conseguimos.

— Não vou trocar um regime por outro. Todos querem Perón no poder. Temos relatos de pessoas sumidas, assassinadas. Não vou embora de um país para morrer em outro.

— A Argentina está em vias de se libertar, o Brasil não. Lá, você estará segura. Já te arrumei uma casa. Vai morar com uma senhora, uma conhecida, Dona Augustina. Ficará em Tigre, uma pequena cidade perto de Aires, longe de assuntos políticos.

Lígia senta, coloca as palmas das mãos sobre o rosto. Não chora, sustenta o peso da partida, cada vez mais sólido.

— Faça o que for preciso para sobreviver, minha filha. Por todos nós.

Sinal da cruz.

* * *

— Pedi pra ela esperar na caminhonete. O que foi, padre? — Lorenzo ocupa o lugar onde Lígia há pouco estivera.

— Estamos, eu e Damião, para receber outros quatro. Pessoas na mesma situação que Lígia. Viajarão juntos. Para a Argentina.

— No lugar dela, qualquer lugar deve ser melhor do que aqui.

— Não sei se é bem assim, eu encontrei paz em Saudade.

— Não falo de Saudade. Digo do Brasil.

— As coisas vão melhorar, Lorenzo.

— Não é mais perigoso? Mais pessoas?

— Não posso deixar essa gente para trás.

— Conheço a sensação. Não pude deixar essa ragazza. Acho que minha família se afeiçoou a ela. Vai ser sofrido.

— Salvaram a vida dela, Lorenzo. Isso não se esquece — serve o vinho da jarra em duas taças pequenas. — É curioso, perguntei se ela queria se confessar. Apenas saiu, disse que já se confessava toda noite.

* * *

O sereno cobre Saudade. Lígia se refugia no interior da Rural. Lorenzo a substituíra na sacristia, a pequena sala atrás do altar. Fixa o olhar no sino, resplandecente ao alto. É então que percebe a figura. O calor da respiração embaça os vidros do carro, mas pode distinguir uma silhueta alta. Observa o modo como ele dispõe o pão, fatiando-o. Enche o cálice de vinho tinto, como ritual sacristão. É como se rezasse a missa, o momento do sacramento. Mais uma taça. Coordenado, em coreografia, acende as três velas brancas no castiçal. Ilumina o breu. Damião. Com prazer de voyeur, Lígia o perscruta, sem a túnica. Passa uma penumbra. Outro contorno entra em cena. Um corpo feminino. Assiste ao beijo por meio das sombras unidas. Um beijo anterior vem à memória: o homem oculto nas sombras com Adriana na festa santa. Por fim, entende tudo. O pai do filho de Adriana não era Giotto.

* * *

O comboio cruza a estrada de Saudade. As insígnias militares obrigam a abertura do portão, mesmo após o toque de recolher. O vigia noturno, tipo simplório, se precipita a avisar Francesco Moretti, mas não o encontra em casa. Os cinco carros seguem em sequência, viaturas da chamada vascaína, por causa dos tons de branco, preto, cinza e vermelho. Todas do modelo Chevrolet Veraneio. Alguns moradores colam o rosto nas amplas janelas, curiosos pela aparição policial. Estavam desacostumados, Saudade apartava-se dos problemas da cidade.

Os três primeiros carros seguem o caminho que leva à igreja, ao centro de convivência e às lavouras. Os dois restantes continuam a estrada em ritmo lento, os vidros abertos para entrar ar. Cotovelos apoiados na abertura da janela. Miram desconfiados as pessoas da vila. À frente, está o Coronel Macedo, orgulho da corporação. Era da aeronáutica, comando da aviação. Ocupava um dos postos de maior prestígio na cidade. Não gastaria o combustível dos preciosos aviões Hércules na pequena vila. Fora responsável pela operação no centro, sessenta e seis suspeitos ao todo. Também comandara a operação no cinema. Aos poucos, livrava a cidade dos subversivos. Conseguira eliminar, alguns dias atrás, um dos maiores comunistas da cidade. Estava lá, pessoalmente, para o interrogatório. Ordenou que aumentassem o volume dos eletrochoques. Uma, duas, três vezes. Coronel, vamos perdê-lo. Prossigam sem teimar, irritou-se. Encarou o tipo até ele cerrar os olhos de vez. Avista a mercearia. Pertencia ao seu amigo Francesco Moretti, grande frequentador do Palácio, o clube favorito do alto escalão da aeronáutica. Manda encostar. Cumprimenta Moretti. "Seguindo a sua dica." Podem continuar sem ele, desce para tomar uma dose com o amigo. Manda-os seguirem. "Façam tudo conforme o protocolo."

Tommaso percebeu a movimentação das viaturas. Voltava da entrega de uma pequena remessa de tomates quando avistou os carros. A estrada estava impedida. Conhecia a mata que a ladeava como a palma da mão, colocou-se a correr. Costumava perseguir lebres por essas relvas. Aumentou o compasso, afastando as folhas suspensas. Escuta apenas o rangido dos galhos carcomidos em suas pegadas. Chega no sítio, exaurido. Encara apenas Lígia. No que diria, estava implícito que eles estavam vindo.

— Esconda-se.

IX.

O ronco do motor denuncia a presença dos militares. Agachada entre os cafezais, Lígia recolhe fragmentos: os pneus, a marcha sem postura dos coturnos, o tom de deboche nas vozes alteradas. Entre o momento em que Tommaso a avisou para se esconder até a chegada das viaturas, o intervalo de tempo é o som de um suspiro reprimido. Ao contrário do que sugerira Tereza após a visita de Moretti, o portão permaneceu aberto. Lorenzo queria mostrar que não temia nada, pois não havia nada a temer. Negava a presença de Lígia, como se ela fosse um fantasma que ronda as plantações. O que havia de errado em receber a suposta sobrinha? Pela porteira do sítio, as viaturas anunciaram a sua vinda. Desceram do carro em sobriedade forçada. Na ânsia por demonstrar imponência, pareciam soldados de chumbo, típicos brinquedos da infância. Caminhavam desordenados, o som do coturno contra a terra. Terra, vieram para contaminar a minha terra, praguejava Lorenzo.

Um deles se precipita, finge tom grave, impostado, procuravam por Lorenzo Vitale. Sou eu mesmo, respondeu prontamente. Poderiam entrar para fazer algumas perguntas?, seriam breves. Entrem, por favor. Sujam o chão, limpo com esmero, as marcas dos coturnos pretos. Pois não? Quantas boas garrafas de vinho. Poderiam servir uma taça? Estamos com sede. Pois não, servem o vinho. Não agradecem. Estamos a serviço do Coronel Macedo. E o que o Coronel Macedo busca com o povo de Saudade? Gosta do padre, senhor Vitale? Cícero? Perfeitamente. É religioso? Não, não propriamente. Mas gosta do padre? É um bom homem. Acha que o padre é comunista? Todos os padres de uma forma o são. Porém, não, Padre Cícero não é comunista. Considera-o subversivo? Não,

não. Bem pacato. Pacato, é? Estamos olhando mais a fundo para as atividades do padre. Você não devia dizer isso, Sargento, o Coronel não vai gostar. Cale-se, Sargento. Eu estou no comando aqui. E o ajudante do padre? Damião? Damião é bom rapaz, conheço desde que nasceu. Ele viaja muito? Não tem viajado, não. Vejo-o sempre por aqui. Qual o interesse dele na igreja? Não vejo como a batina pode ser sedutora aos homens de hoje, tem mais vinho? Sempre será preciso padres (serve mais vinho). Acha que são tempos difíceis, Lorenzo? Acho que todos os tempos são difíceis.

* * *

Lígia contém a respiração. Teme que cada suspiro seja a denúncia de sua localização. Três dos militares ficam do lado de fora, próximos aos cafezais. À luz da lua, também está a família Vitale, com exceção de Lorenzo. Controlar o ar é um árduo empenho. Era uma noite de ventos. Ouvia-os uivando. A resposta do assovio dos mortos. Chegará a sua hora? O sopro torna-se rarefeito. Sente a respiração acelerar contra a sua vontade. Um soluço se perde na garganta, próximo a estourar. O uivo dos cachorros, o trotar dos cavalos, tiros, bombas, o velho, a arma de Alberto apontada diretamente para ela. Sente o turvamento, a visão escurece, e perde o foco. Precisa assumir o próprio corpo. Os coturnos em seu campo de visão. Ela os vê em direção aos tomateiros. Sacam um tomate, ainda verde. Lorenzo se irritaria. Giotto os repreende. Eles o ignoram, as armas em evidência. Brincam de atirar o tomate uns para os outros. Tem vontade de rir do ridículo da situação. Um deles se aproxima perigosamente dos cafezais. Lígia se assusta. Escuta o chiado, seria do rio que corta Saudade? Recua os passos, ficando o mais distante possível do militar. O sibilo torna-se mais alto. Mais nítido do que o caminho das águas. Primeiro, ela vê os olhos, estreitos, opacos. A cobra coloca a língua para fora, como um cumprimento. Estáticas, as duas restam a se olhar. Lígia não sabe como calou o grito que se forçava para fora. O animal não avança. Já o militar, cada vez mais adentra o cafezal. Avista o facão de Giotto, esquecido fincado na terra. Devagar, ela o saca. A postura da cobra é defensiva. A do soldado é predatória. Lígia ergue a faca e se prepara para o golpe.

* * *

Dentro da casa, um cabo é responsável por sondar os quartos. Encontra apenas uma velha, que pergunta se ele não tem vergonha de atrapalhar o sono dos senis. Ele se desculpa sem dar muita atenção. O Coronel ordenou que fossem cordiais. Entra num quarto simples. Abre o armário e encontra poucas mudas de roupas. Sacos de areia são empilhados no canto (confere se não é material para fabricação de bombas caseiras). Não mexe na cama, está bem arrumada. Debaixo do travesseiro, repousa uma carta.

* * *

O campo não se mete em nossos assuntos, e nós não nos metemos em assuntos do campo, é assim que funciona. O Sargento acende um cigarro. Fuma, Lorenzo? Estou bem. A elevação de vozes chama a atenção dos homens. Eles avançam para fora da casa. O Sargento limpa as bitucas no batente da porta. As cinzas se espalham pela soleira.

* * *

O cabo tropeça em alguma coisa. Odeia aquela plantação, tão apertada, o milharal entre os cafezais, estratégia de lavouras pobres. Olha para baixo. Na sola do coturno, a cabeça de uma cobra.

* * *

Sai da plantação com a cabeça da cobra, olhar inerte, em uma das mãos. Na outra, o longo corpo do animal. Olha só o que achei nos cafezais. Há muitas cobras por aqui? Não, não muitas. Devem ter se assustado com a comoção, Lorenzo indica as viaturas. Ainda sangra. Foi morta agora há pouco. Eu a matei mais cedo, antes de vocês chegarem, explica Giotto. Eu conheço o senhor, diz o cabo. É o italiano. Sou brasileiro. É o italiano do monastério, o vendedor de tomates. Revistei o seu carro. Mande um abraço aos monges. Vamos, já temos o suficiente. Uma última pergunta: tem visto forasteiros, senhor Lorenzo? Não, nada de forasteiros. Recebeu alguém? Ninguém de fora da família. Ouvi dizer que tem uma sobrinha muito bonita. Obrigado, tenho sim. Sobrinha da esposa, na verdade. Uma pena que já foi para a cidade. Como eu disse, ninguém de fora da família. Antes de entrar no carro, o cabo atira o corpo da cobra na direção dos Vitale. A cabeça repousa na soleira, entre as cinzas.

* * *

Sem a túnica, Damião era apenas um homem. Poderia ser preso, ele sabia. Não tinha a proteção da batina. Nem desejava ter, não era um sacerdote. Vivia entre os homens e era isto: um homem. Um homem que amava uma mulher, um homem que teria um filho. Seguia, de calça social e camisa branca, com destino a seu compromisso. Na porta, cumprimenta Giotto. Estão nervosos, cada um com a invasão que presenciara. Não consegue, entretanto, deixar de olhar agradecido para o amigo, protetor do seu segredo. Giotto faz um gesto discreto, que apenas ele compreenderia, em direção ao casebre. Silva e Adriana estão ali, de pé, tensos. Damião a encara com um olhar significativo, tudo nele, das roupas aos olhos, dava apenas um recado: sou apenas um homem, estou disposto a fugir para continuar sendo apenas um homem, sua mulher e seu filho. Ela sorri, mas percebe a inquietação de Damião, que se volta outra vez para Giotto. "Preciso falar com seu pai, é importante."

* * *

A igreja fora violada. Entraram em solo santo para interrogar o padre. Estava tudo como antes, intocado. Mas Padre Cícero sentiu a ameaça silenciosa. Era ainda mais violenta. Não respeitam nem o espaço sagrado. Questionaram o padre sobre sua vida pregressa. Sou apenas um homem de Deus, a favor de Deus, repetira. E dos homens? Servir a um irmão é servir a Deus. Seja quem for esse irmão? Seja quem for esse irmão. Até um comunista, subversivo? São todos iguais perante Deus, os homens que se resolvam com sua política. De que lado você está, padre? Onde estiver Deus. E onde está Deus? No coração dos homens bons. Cuidado, padre, respeitamos a sua batina. Não tocamos em um homem de Deus, mas tenha cuidado. Não tocam em um homem de Deus ainda, entendeu. Já foi preso, padre? A polícia de Getúlio não respeitava os homens de Deus, sorriu triste.

Santo Isidoro repousa estrangeiro, um santo espanhol em meio a uma colônia italiana. A Madonna tem olhar de agonia. Jesus crucificado ao centro. O altar restou imaculado. O padre ajoelha e se põe a rezar. Sabe que da próxima vez não escaparia. Damião volta com Lorenzo. Foi Padre Cícero que o aconselhou. Viva como um homem, um homem apenas. Fuja, vá embora, não tem a proteção de um sacerdote, mas de pouco ela vale nesses tempos. Seja apenas um homem, um homem bom, e Deus estará contigo. Lorenzo coloca a mão no ombro do padre. Está na hora. Ele abre o porão da igreja, onde se esconde o quarteto. Oito olhos encaram Lorenzo, assustados.

Na traseira da caminhonete, os quatro jovens vão deitados, cortam Saudade. Padre Cícero e Damião caminham, seguem a Rural, espalham a água que abençoa as terras.

Hoje, a água as purifica.

* * *

Lígia tinha esperança de encontrar nomes conhecidos, mas os quatro desconheciam o Casarão. Eram diferentes, pertenciam à luta armada, a resistência pesada, como diria o pai. Apresentou-se como Virgínia aos companheiros de viagem. Giuliana acompanhava as apresentações calada, com um ciúme de quem não quer compartilhar a intimidade conquistada. Lorenzo não havia dito nada para elas ou para o restante da família. D. Maria, já adormecida, se exaltaria no dia seguinte ao se deparar com estranhos. Tereza se resignava. Giotto e Tommaso dividiam a mesa com os rapazes, na camaradagem típica dos homens. Conversavam, respeitosos, com a mulher, amigada com um dos forasteiros. Com Giuliana e Lígia, era diferente. Sentiam que o segredo da fuga se esvaía, tornava-se mais ralo, a descoberta mais iminente. Lígia se animara em primeiro momento, mas Giuliana percebeu a decepção ao constatar em cada rosto um anônimo. Depois, elas se interessaram, aos poucos, pela história daqueles quatro, o que os levou até Saudade. Os nomes são todos falsos, assim como as cidades. Nesses tempos, todos os nomes são falsos.

Juan, 26 anos. Niterói. Estudante de Química. Subversão. Formação de quadrilha. Associação criminosa. Acusado de ter confeccionado a bomba arremessada contra um quartel, no Rio.

Pedro. 30 anos. Belo Horizonte. Subversão. Formação de quadrilha. Associação criminosa. Assalto. Sequestro. Estava em um protesto em São Paulo e foi confundido com um rapaz que mantinha relações com a Vanguarda Popular Revolucionária, grupo que sequestrou o cônsul japonês Nobuo Okuchi.

Fábio. 25 anos. Nascido em Recife. São Paulo. Subversão. Formação de quadrilha. Associação criminosa. Assalto. Roubo de automóveis. Era piloto de fuga de um grupo de ação armada. Realizaram um ataque frustrado a uma sede governo. Apenas ele e Nina sobreviveram.

Nina. 24 anos. São Paulo. Subversão. Formação de quadrilha. Associação criminosa. Assalto. Roubo de automóveis. Era uma das principais agentes de um grupo de ação armada.

Padre Cícero se juntou a eles na mesa. Giotto e Tommaso saíram, sentiam que aquelas palavras não lhes pertenciam. Giuliana ficou. O padre ocupava a cabeceira. De um lado, Lígia, Giuliana e Juan. Do outro, Pedro, Fábio e Nina. Lorenzo e Tereza estavam lá fora; em silêncio, assistiam ao bater dos cafezais, embalado pelo vento.

— É preciso ter coragem. Não vai ser uma viagem fácil, não vou mentir para vocês. A diocese não pode se intrometer. Vocês irão pela mata. Quando saírem dos portões de Saudade, eu não posso acompanhá-los. — Lígia sente um arrepio ao pensar em percorrer os trechos de vegetação, a Mata Atlântica original. — Na primeira estrada, à direita, um furgão verde esperará por vocês. Vocês não saberão o nome do condutor, e ele não saberá o de vocês. Perguntem a ele o passe. Ele dirá Santo Isidoro. Ele perguntará a vocês, digam tomates frescos. Assim saberão que estão seguros. Não há como providenciar documentos, é perigoso demais. Terão que se virar na Argentina. Vocês irão por terra, é uma viagem longa e clandestina. Não haverá conforto algum. De Buenos Aires. Vocês — aponta o casal — irão para Domenico Ricci em Mendoza. Virgínia vai para Dona Augustina em Tigre. Pedro vai para Colonia del Sacramento, Uruguai, procure o padre José Castello. Juan, San Isidro, com Paulo Costa, um amigo brasileiro. Vocês todos ficarão bem com essas pessoas. Deixei as instruções com o condutor. Confiram se o envelope está lacrado. Haverá um envelope para cada. É isso, o que posso fazer. O resto é com vocês e Deus.

* * *

— Vá comigo para Tigre — o pedido foi feito em sussurro. Tão seguro quanto as palavras escritas por Ângela tempos atrás. Lígia pedia que Giuliana abandonasse a sua vida. Não, pedia que ela abandonasse a clausura da solidão. Começaram a armar a fuga com ímpetos juvenis. Antes da resposta, Giuliana quis saber que caminho teria escolhido. Se casaria ou iria para o Rio? Lígia tirou a carta do esconderijo e entregou a Giuliana, que leu calma.

Decifradas as palavras, aceitou a fuga. Não diriam nada a Padre Cícero ou aos Vitale. Giuliana estava resolvida, nada a deteria.

Antes da alvorada, Lígia se esgueirou por Saudade, com uma discreta trouxa de roupas que não lhe pertencia. Tudo precisava estar certo. Contavam com a sorte, havia inúmeras possibilidades para erros. Se tivesse olhado os lados, teria visto os homens uniformizados. Se eles tivessem olhado os lados, a teriam visto. Na hora de sair da casa, pisou as cinzas do dia anterior, espalhando-as. Sabia que uma hora as cinzas chegariam até ela.

X.

O grito, não se sabe de quem. O sangue escorre pela terra. O tiro, não se sabe de onde. O sangue escorre pela terra. Arrebentam a porta. O sangue escorre pela terra. Com brutalidade, invadem a casa. O sangue escorre pela terra. Um deles agarra Lorenzo, outro se direciona a Padre Cícero. O sangue escorre pela terra. Giotto tenta interferir. O sangue escorre pela terra. Um tiro, e o rapaz cai inerte. O sangue escorre pela terra. Estão todos imobilizados, nem Dona Maria passa impune. O sangue escorre pela terra. Tommaso se solta, ajoelha ao lado do corpo do irmão, outro tiro. O sangue escorre pela terra. Os milicos ordenam que Giuliana e os quatro forasteiros, que pensavam estar seguros no fim de Saudade, tirem a roupa. O sangue escorre pela terra. Levam Giuliana e Nina para um quarto. O sangue escorre pela terra. Lorenzo se exalta, não permitiria, leva uma coronhada. O sangue escorre pela terra. São amarradas pelas mãos e pelos pés, não se ouve o som que vem do quarto. O sangue escorre pela terra. Os três homens, Juan, Pedro e Fábio, são arrastados para outro cômodo, apanham. O sangue escorre pela terra. Mais militares entram, empurram Damião, Adriana e o velho Silva. O sangue escorre pela terra. O casal é despido, Padre Cícero protesta por seu protegido, a batina respingada de vermelho. O sangue escorre pela terra. Adriana pede, por favor, estou grávida, é atirada no quarto. O sangue escorre pela terra. Tereza abraça Lorenzo como pode, em pranto pelos filhos. O sangue escorre pela terra. Alberto entra na casa, não é impedido, Roberto vem atrás, implora que ele abaixe a velha arma. O sangue escorre pela terra. Os militares riem, os dois caem em um só golpe. O sangue escorre pela terra. Alberto cai aos pés de Dona Maria, que o toma pelas mãos, encaram-se por uma vida não vivida. O sangue escorre pela terra. Olha triste para a filha em pranto, naquele momento poderia-se jurar que ele sabia. O sangue escorre pela terra. Padre Cícero ora pelos mortos e teme pelos vivos. O sangue escorre pela terra. Essa casa é uma ratoeira, ri o Coronel Macedo. O sangue escorre pela terra. Cordas e mais cordas deslizam nas mãos dos militares. O sangue escorre pela terra. Amarram todos. O sangue escorre pela terra. Nessa hora, as palavras de nada importam, elas nada dizem. O sangue escorre pela terra. O sangue é como o tempo, leva o amor de anos, a vida não vivida, a vida vinda para nascer e a fuga iminente; não existem inocentes. O sangue escorre pela terra. O cabo se antecipa, despeja o gás no retalho de pano, para adormecer as agonias; o veneno dos ratos, como diziam. O sangue escorre pela terra. É impedido pelo Coronel, quer escutar os gritos. O sangue escorre pela terra. Ao gesto brusco do Sargento, evacuam a casa, um após o outro. O sangue escorre pela terra. Na viatura, tiram os galões. O sangue escorre pela terra. Embebedam as lavouras com gasolina. O sangue escorre pela terra. Essa é como a dos subversivos, comenta o Coronel, segurando o artefato. O sangue escorre pela terra. A versão oficial é que eles depredaram parte da vila para prejudicar Moretti, com ajuda do padre comunista, entendido? O sangue escorre pela terra. Colocam-se todos enfileirados na linha do portão. O sangue escorre pela terra. As plantações queimam, dos tomates aos cafezais. O sangue escorre pela terra. Não escutam gritos, tamanho o sussurro de agonia das plantas. O sangue escorre pela terra. O Sargento atira a bomba. O sangue escorre pela terra. O tempo é o som do piscar. O sangue escorre pela terra. A explosão treme Saudade. O sangue escorre pela terra. Lígia resta ao longe, os olhos pregados nas chamas. O tempo escorre pela terra. Não ousa desviar as pupilas, mesmo com o ardor latente. O sangue escorre pela terra. Sabia que uma hora as cinzas chegariam.

Epílogo

Fosse outra vida, Giuliana não estaria no cemitério de Santa Efigênia. Não restaria a encarar a lápide em sua memória, Giuliana Vitale. Data de nascimento, data de morte, e mais nada. Todas as informações são falsas em tempos de fuga. Tivesse sido Lígia, e não ela, a levar a mala clandestina, a história seria como foi contada. Giuliana estaria morta, Lígia a contemplar sua lápide. Mas, não havia nada em memória de Lígia. Lígia, Virgínia, Vita; se esvaíra na fuga, tornou-se cinzas. Transformar-se na outra também é fuga. Tomou de Lígia o seu pseudônimo. Viveu como Virgínia. A identidade de Lígia. Agora, diante da lápide, era apenas Giuliana. Reconstituíra as lembranças que Lígia lhe confiou uma noite, tantos anos antes, em Saudade. A invenção também é fuga. Fosse Lígia, e não Giuliana, ela teria se atirado nas águas de Tigre, pedras no bolso. Giuliana também cometeu suicídio. Morreu para se transformar em outra. Visitara a casa abandonada. Encontrou Augusto, que em seus delírios de lunático a confundiu com a irmã. Soube, por ele, dos destinos sobre os quais tanto ouvira falar. Escutou-o divagar, discursar sobre a origem de um relógio, uma relíquia de família, entre frases entrecortadas sobre Lígia. Reconheceu, em especial, uma das porta-vozes da Anistia. Inconfundíveis olhos verdes que vira apenas uma outra vez, também por fotografia. Encontraria Ângela, pois Lígia nunca poderia. A morte marca a impossibilidade do encontro. Conhecia o segredo da carta. Contaria, e, assim, Ângela teria paz. Giuliana teria paz. Todos os outros estavam mortos, não se sabe se descansam em paz. Acreditava que Lígia a libertaria de Saudade, mas não pensou que toda a sua vida se esfacelaria, com ela, em cinzas. Em solo estrangeiro, lhe ofereceu a mão. Duas pessoas são o suficiente para aplacar duas solidões. Sobre o tempo em Saudade, não havia como memoriar nada em primeira pessoa. Poderia fabular, mas não era Lígia. As emoções que compartilharam em silêncio espalharam-se, com ela, pelo vento. O que fora para Lígia, não soube e nunca saberia. Dedicava essas memórias. Era apenas narradora, não protagonista. Só os sobreviventes podem contar histórias cinzas. Saudade foi destruída. Hoje, a vila resta em ruínas. Casas perderam telhados, paredes ruíram, janelas revelam o vazio. Cachorros perambulam perdidos, o vento uiva. O sino está mudo. Na noite, assovios cortam Saudade. As cinzas da fazenda se espalham por toda a vila, pela cidade, por São Paulo, pelo Brasil. O sangue escorre por todas as terras. Mas Giuliana precisa ver, precisa olhar a terra arrasada. Resta ali, os olhos pregados na bola de fogo. Não ousa desviar as pupilas, mesmo com o ardor latente. Mira o sol até queimar a íris. As cinzas chegam até ela.

Giovana Proença

(Taubaté, 2000) é pesquisadora na área de Teoria Literária e Literatura Comparada na FFLCH—USP. Edita a fina, revista literária digital. Colaborou com o caderno Aliás, do Estado de S. Paulo. Tem textos sobre livros e literatura no caderno Pensar, do Estado de Minas, no jornal Rascunho, na revista Cult e na Folha de S. Paulo. *Os tempos da fuga* é seu livro de estreia.

FOTO DA AUTORA: VICTÓRIA NOVAIS

este livro foi editado

no verão

de 2023